暴君のお気に入り　不埒な虎と愛され兎

秋

幻冬舎ルチル文庫

CONTENTS ✦目次✦

暴君のお気に入り　不埒な虎と愛され兎

✦カバーデザイン＝吉野知栄(CoCo.Design)
✦ブックデザイン＝まるか工房

イラスト・高星麻子✦

暴君のお気に入り　不埒な虎と愛され兎

1

古い木造校舎を持つ小学校の校庭で、甲高い子供たちの声が響いていた。

「兄ちゃん、今日の帰り、どこか遊びにいく？」

「駄目。今日は祖母《ばあ》ちゃんたちと一緒に、天杜《あまと》神社へお参りにいくって約束しただろ？」

「ええー、俺、そんな約束した覚えないよ。祖母ちゃんたちと一緒にお参りなんて、やだー」

「そんな我儘《わがまま》言うなよ、二朗《じろう》」

「やだったら、やだ。それなら兄ちゃんひとりで行ってくればいいだろ？　俺、やだからね」

「こら待て、二朗！」

四方を山で囲まれた天杜村。雨上がりの湿った大気には、濃い緑の匂《にお》いが移っていた。

夏休みに入ってずっと晴天が続いていたのに、今朝は珍しく雨が降った。その名残だ。

そして今日は久しぶりの登校日だった。

半袖《はんそで》のプリントTシャツに半ズボン姿の二朗は、ふんわりした癖っ毛を風になびかせながら、懸命に走った。

くりんとした瞳を持つ二朗は肌の色が白く、同年の子供に比べて体つきも華奢《きゃしゃ》だ。それでも元気だけは人一倍あって、普段からぴょんぴょん飛び跳ねているのが大好きだった。

あとを追いかけてくるのは三歳年上の兄、一朗《いちろう》だ。

子供時代に三つ歳《とし》が離れているのは大きな差になる。小学校四年生になった一朗は、二朗より頭ひとつ分背が高く、顔立ちにも落ち着いたところがある。そして髪質も二朗とは違って、少しも癖がなくてさらさらだった。

「待てよ、二朗。絶対神社に連れてくからな」

「やだよー」

すばやく兄を振り返った二朗は目の下に人さし指を当てて、あっかんべぇをした。

逃げ回っているのは、家族全員で神社にお参りにいくのがいやだからだ。

天杜神社は、村で一番といっていいほど重要な施設だった。普通に遊びにいくなら、裏山を探検したりして面白いのだが、家族と一緒のお参りは別だった。

拝殿で宮司《ぐうじ》さんの説教を聞き、さらに年寄りのくどくどした長話につき合う間、ずっと正座していなければならない。退屈だし、足はビリビリ痺《しび》れるしで、とにかくじっとしているのが嫌いな二朗には、本当に苦痛な行事だった。

「こら、二朗。おまえだって天杜神社にはお世話になってるんだ。お参りぐらいちゃんとしないと罰《ばち》が当たるぞ」

兄は走る速度をゆるめずに、追いかけてくる。二朗は校庭を駆け抜けて、村一番の繁華街へと向かった。

真新しい焦げ茶色のランドセルが、華奢な背中で大きく揺れ、額にうっすら汗が浮かぶ。

でも二朗が逃げていられたのは、繁華街の交差点を曲がるまでだった。

「二朗。駄目と言ったら駄目だ」

「いてて、兄ちゃん、耳引っ張るの、やめろよぉ」

本気を出した兄に追いつかれ、いきなり左の耳を引っ張られた二朗は情けない声を上げた。

耳は二朗の最大の弱点だ。ひりひりした痛みに、可愛い顔を思いきりしかめる。

「おまえがいっぺんで言うこときかないからだぞ」

「ごめん、兄ちゃん」

本当を言うと、二朗は三歳上の兄には絶対に頭が上がらない。兄がそばにいてくれないと、二朗は大げさでもなんでもなく、生きていけないからだ。

「さあ、早く家に帰るぞ。この格好じゃ神社に行けないから、ちゃんとした服に着替えないと。祖母ちゃんたち、せっかちだから、きっと首を長くして待ってるぞ」

一朗は耳から手を離し、その代わりにがっちり二朗の腕を抱え込む。

こうなればもう絶対に逃げられない。

「ちぇっ、めんどくさいな」

二朗は負け惜しみのように悪態をつきながら、一朗とともに家路を辿《たど》った。

天杜村はけっこう面積のある村だが、二朗の家は小学校から比較的近い場所にあった。

牧原《まきはら》家は古式ゆかしい茅葺《かやぶ》き屋根の旧家で、両親と祖父母が同居している。敷地を囲む塀はない。どこからでも入れる広い庭から、兄弟は通用口へと向かった。祖父の代で役所勤めをするようになったが、もともと牧原家は農業を営んでいた。古い家には正月とお祭り、その他重要な行事の時にしか使わない玄関と、土間に直結している通用口が横並びになっている。

今日はその来客用の玄関が開け放たれていた。

通用口から土間に入ると、母が気忙《きぜわ》しい様子で顔を出す。

普段はスラックスに地味なシャツというのが定番ファッションなのに、母はすでにかちっとした黒のスーツを着て、珍しく念入りに化粧も施していた。

母もおしゃれをすればなかなかのものだと、二朗は驚きで目を瞠《みは》った。ついでに言えば、二朗の色白は母譲りで、女の子みたいに可愛いねと、嬉しくない褒め方をされるのも、母に似てしまったせいだ。

「お帰り。あなたたち、早く着替えてね。それから二朗は神棚から霊珠《れいしゅ》を取ってくるの、絶対に忘れないように」

「ふわーい」

「わかったよ、母さん。ぼくがちゃんと見ておくから」

気乗りのしない声を出した二朗とは違って、一朗は優等生な答えを返す。

ここまで来たら逃げられないと、二朗は土間から上がった場所にある板張りの部屋にランドセルを放り出し、奥の階段を勢いよく上った。

自分の部屋で箪笥《たんす》を覗《のぞ》くが、どれを着ればいいのかわからない。

「兄ちゃん、服、どれ？」

二朗は隣の部屋にいる一朗を大きな声で呼んだ。

すぐに顔を覗かせた兄は、すでに大人みたいな紺色のスーツ姿だった。

帰宅してさほど時間が経《た》っていないのに、すごい早業《はやわざ》だ。

「ほら、この紺色の上着とズボン。それからシャツはこっちの白いので、ネクタイはこれな」

ベッドの上に服を並べた一朗が、最後に臙脂色《えんじいろ》の蝶《ちょう》ネクタイを置く。

二朗は兄に手伝ってもらいながら、気取った一張羅に着替えた。

「おまえ、顔真っ黒になってるぞ。洗ってこいよ」

「やだよ、めんどくさいから」

「仕方ないな。それじゃ、こっち見てみろ」

一朗は小さくため息をつき、そばにあったタオルを取り上げる。

二朗が向きを変えると、一朗はそのタオルでごしごしと汚れを拭《ぬぐ》った。

「痛いよ、兄ちゃん」

「我慢しろ。……よし、これでいい」

「兄ちゃん、乱暴だよ」

二朗は顔をしかめたが、一朗は、ふふんと鼻を鳴らしただけだ。

「何が乱暴だ。顔洗うのやだって言ったおまえが悪いんだぞ」

「ちぇっ、兄ちゃんなんか嫌いだよ」

二朗は膨れっ面でそう告げる。

けれども一朗はいつものことだとばかりに、いっさい動揺した顔を見せなかった。

†

父が運転するバンの他、天杜村に家がある親戚一同が乗り込んだ三台の車が連なっている。親戚の中には東京へ移り住んだ者もいるが、彼らは今日の行事には参加していない。

二朗は古臭い伝統行事の多い村にいるより、東京の子供になりたかったと思っている。しかし二朗には、迂闊《うかつ》に東京へ出ていけない事情もあるのだ。

四台の車は、がたがたの舗装道路を走り、ほどなく山裾《やますそ》の鬱蒼《うっそう》とした森の中に入った。参道と平行した道を上っていくと、すぐに神社の裏門に到着する。

駐車場に車を停め、牧原家の親族一同は、ぞろぞろ天杜神社の拝殿へと向かった。

朱塗りの柱が剝《は》げかかっている神社は、規模だけは立派だけれど、全体的に煤《すす》けた印象だ。

だが、牧原家の一同は皆、礼服を着て神妙な顔つきをしていた。

今日のお参りでは、牧原家の特異な血を引く者たちの安全祈願と厄除《やくよ》けをしてもらうことになっている。

「皆さん、よくいらっしゃいました」

拝殿から顔を出したのは、白い斎服を着た宮司だ。古い歴史を誇る神社だが、宮司の天杜直景《なおかげ》はまだ三十代の若さで、背もさほど高くなく痩《や》せている。

宮司は柔和な顔に薄い笑みを浮かべながら、牧原家一同を拝殿へと迎え入れた。

「二朗君もよく来たね」

「はい」

声をかけられて、二朗は神妙に答えた。

宮司は優しいけれど、会えばいつも緊張する。

何故《なぜ》なら、天杜神社は二朗にとって非常に重要な場所で、宮司の天杜はそこで一番偉い人だからだ。とは言うものの、宮司はこの神社をひとりで切り盛りしており、清掃などを手伝う近所の人たちが出入りしているだけなのだが。

「霊珠は持ってきた?」

「うん、兄ちゃんが持ってるよ」

「では、一朗君、二朗君の霊珠をあそこに置いてきてくれるかな」

「はい、わかりました」

兄は生真面目に答え、宮司が指さした三方《さんぽう》に近づいた。

錦の古い袋から取り出したのは、直径十センチほどの丸い玉だ。白っぽい石で、表面に薄いピンク色の斑《まだら》模様が入っている。

一朗はその霊珠を神妙な手つきで、檜《ひのき》の白木で作られた三方に載せた。

剝《む》き出しの霊珠から心地よい《気》が流れ込み、二朗はしばしうっとりと目を閉じる。家でも同じことができるが、穢《けが》れのない清浄な場所で《気》を取り込むのは、格別の清々しさがあった。

霊珠は天杜村でもっとも大切にされているものだ。

村には特殊な事情を持つ者が大勢住んでおり、各々がひとつずつこの霊珠を所持している。牧原の一族では、二朗の他に父と祖父、そして伯母《おば》と叔父《おじ》の息子が霊珠の保有者だった。

それぞれが自分の霊珠を三方に飾り、それから安全祈願や厄除けなどが始まる。

畳に正座した二朗はすぐに足が痺れてきたが、宮司が祝詞《のりと》を上げる間は、さすがに大人しく我慢した。

三十分ほどで一連の行事が終わり、拝殿にはほっとした空気が流れる。

親戚一同は、宮司を相手に四方山《よもやま》話を始めた。伯母たちが勝手知ったる我が家といった感じで、裏手の社務所でお茶を淹《い》れて運んでくる。

義務を終えた二朗は、痺れた足でぴょんぴょん跳ねながら、拝殿から抜け出した。

ゆっくりしていると、うるさい伯母たちにつかまってしまう。二朗が一番年少の子供なので、何かと集中攻撃を受けてしまうのだ。

「こら、二朗。霊珠をちゃんと仕舞いなさい」

「兄ちゃんがやってくれるもん」

「おまえはもう」

叔父のひとりに怖い顔をされたが、一朗はすでに二朗の霊珠を錦の袋に収めている。

兄は絶対的な味方。生まれた時からそう刷り込まれている二朗は、普段から兄に甘え放題だった。それでも一朗はいやな顔ひとつせず、二朗の我が儘を聞いてくれている。

もっとも先ほどのように、その我が儘が通用しないこともあるのだが。

「兄ちゃん、山のほうに行ってみようよ。オオクワガタ、いるかもしれない」

「ああ、いいよ、二朗。母さんにちょっと断ってくるから」

二朗は拝殿の外で一朗を待ち、兄の姿が見えたと同時に、石畳の参道を駆け出した。

天杜村でも神社は一番奥に位置している。敷地の後ろにはすぐに山肌が迫り、神社中でうるさく蟬《せみ》が鳴いていた。

あまりの大音量に、二朗は可愛い顔をしかめつつ、自分の両耳を塞《ふさ》いだ。

「蟬のやつ、うるせぇ」

「仕方ないだろ。夏なんだから」

あとを追いかけてきた一朗が、くすりと笑いながら、もっともらしいことを言う。

「はああ、俺も東京に行きたいなぁ」

「東京、東京って、なんだ？　おまえにとって一番いい場所はこの天杜村だろ」

「うん、それはわかってるんだけどさ」

二朗はため息をつきながら答えた。

一朗の言うとおり、自分にとって天杜村が一番安全な場所であることは確かだ。

本当の意味で言うなら、一番安心なのは三歳違いの兄、一朗のそばだった。

何故なら一朗は二朗の名づけ親だからだ。たった三歳違いでおかしいかもしれないけれど、一朗が二朗の名前をつけたことに間違いはない。

そして『命名者』と呼ばれる名づけ親は、特殊な事情を持つ二朗にとって、生涯にわたり、深い縁を結ぶ相手だった。

「行こ、兄ちゃん」

二朗は蝉のうるささを我慢して両耳から手を外した。

兄を誘い、参道の途中から裏の山に入ろうとした時だ。

二朗ははっと息をのんだ。ふんわりした髪から覗く耳が、ピクピク動いてしまう。

次の瞬間、二朗を襲ったのは強烈な恐怖だった。

二朗はとっさに振り返り、一目散に駆け出した。

前方に敵がいる！

捕まれば、食われてしまう！

早く逃げろ！

二朗の頭にはそれしかなかった。本能の命じるままに全速力で突っ走る。

「二朗！　急にどうしたんだ？　おい待てよ、二朗！」

後ろで兄の呼ぶ声が聞こえたが、二朗は止まれなかった。

何故なら危険な気配は、二朗が逃げ出したことを察知して、追いかけてきたからだ。

しかも、ものすごいスピードで、今にも追いつかれてしまいそうだった。

いやだ！　兄ちゃん、助けて！　俺、食われてしまう！

恐怖のあまり、声さえ出ない。肝心の兄は後ろへ置き去りにしてきたにもかかわらず、二朗は命名者である兄に、本能的に助けを求めた。

だが敵の動きは予想を上まわり、いきなり二朗の逃げ道を塞ぐように飛び出してくる。

現れたのは背の高い少年だった。

「おい、兎《うさぎ》。何逃げてんだよ？」

「ひゃぁっ！」

がっと喉元《のどもと》を押さえられ、二朗は掠《かす》れた悲鳴を上げた。

恐怖で身体《からだ》中が硬直し、一歩も動けなくなる。

二朗は目だけを動かして敵の姿を確認した。

天杜村では見かけない顔だ。年齢は兄とそう変わりない。小学校の三年生か、四年生ぐらいだろうか。黒い綿のパンツに真っ白なスニーカー。上は迷彩柄のシャツだが、まるで気取った大人のように、真ん中あたりのボタンをふたつほどかけているだけだ。

艶《つや》のある髪は丁寧にカットされ、整った顔立ちの少年だった。

だが、きれいな少年は冷たく目を光らせて、二朗の顔を覗き込んでくる。

喉に当てられた手を振り払うこともできず、身をすくませているしかなかった。

この相手には絶対に敵《かな》わない。

何故なら、彼は獰猛《どうもう》な虎《とら》だから——兎の自分は食われてしまうだけ。

二朗は諦観《ていかん》にも似た思いを抱きながら、少年にされるがままになっていた。

「おまえ、最初の逃げっぷりはなかなかのもんだったな。だけど、俺様を相手に逃げきれるとは思わないことだ」

余裕たっぷりに脅されて、二朗はますます身を縮めた。

だけど、きっと兄ちゃんが助けてくれる。絶対に助けてくれる。

二朗はそう信じているしかなかった。

「なんだ、おまえ？　返事ぐらいしろよ」

「に、……」

恐怖で引きつっている二朗に、少年は苛立《いらだ》たしげに目を細めた。

「に？」

「に、……兄ちゃんが……た、助けてくれる……っ」

「兄ちゃん？　他にも兎がいるのか？」

少年に訊《たず》ねられ、二朗はふるふるとかぶりを振った。

「に、兄ちゃんは、お、俺の命名者だもん」

必死に答えたのに、少年はふんと鼻で笑っただけだ。

「なんだ、ただの人間か。兎が二匹いるなら、面白く遊べるかと思ったのに」

馬鹿にしたような呟《つぶや》きに、二朗は怒りに駆られた。

少年は自分よりうんと高位の存在だ。圧倒的な差がある。それでも、大切な兄を馬鹿にするような言葉は許せなかった。

ありったけの勇気を掻《か》き集め、キッと睨《にら》んでいると、少年の顔におかしげな笑みが浮かぶ。

「ふうん、おまえ、兎のくせになかなか根性あるじゃん」

馬鹿にされているのか、褒められているのか、わからない発言だ。

それでも、そんなところへようやく兄の一朗が追いついてきた。

「二朗！　大丈夫か？」

「兄ちゃん」

二朗は必死に首を巡らせて、兄を見つめた。

「弟を放してやってくれないか？」

一朗は高位の存在に怯《おび》えることもなく、丁寧に頼んだ。

少年は案外あっさりと二朗の喉から手を離す。

「別に虐《いじ》めてたわけじゃねぇよ。こいつがいきなり逃げるから、反射的に追いかけただけだ」

ぼそりと言う少年に、一朗は訝《いぶか》しげに首を傾《かし》げた。

二朗はようやく自由になって、さっと兄の後ろに隠れる。

「君はもしかして九条《くじょう》家の？」

「ああ、そうだ。俺は九条の次男、嗣仁《つぐひと》だ。ちっちゃい皐織《さおり》に会いにいくついでに、村の様子を見てこいって言われた」

淡々と答えた少年に、一朗は緊張を解くようにふうっとため息をつく。

「やっぱり、そうなんだ。この辺じゃ見かけない顔だなと思ったから。ぼくは牧原一朗。それと弟の二朗だ。君は天杜神社を見にきたの？」

嗣仁と名乗った少年を怖がりもせず、普通に話しかけている兄には驚いてしまう。

兄ちゃんはやっぱり偉い。

二朗は兄を誇りに思いながらも、油断なく虎の様子を見張った。

「別に、神社になんて興味ねぇよ。じゃあな」

九条嗣仁は、そう言ったかと思うと、あっさり背を向けてしまう。

「あ……」

二朗が声を発した時、少年の姿はすでに遠くなっていた。

危険な気配から解放され、二朗はほっと息をついた。でもまだ心臓がばくばく言ってるし、身体も小刻みに震えている。

「兄ちゃん、あれは虎だぞ？　俺、食われるかと思ったよ」

「何を怖がってるんだ、二朗。九条家の子供が虎の血を継いでいるのは、ぼくも知ってる。でも、九条家の人間が、天杜村のおまえを襲うはずがないだろう」

「でもさ、兄ちゃん。あいつ、ひどいんだよ。俺、首絞められて殺されるかと思った」

「大袈裟《おおげさ》な……。おまえはほんとに怖がりだな」

「違うよ。俺、怖がりじゃない」

二朗はぷうっと頬《ほお》を膨らませた。

しかし、そのお陰か、嗣仁という少年に感じた恐怖がようやく薄れてくる。

天杜村には獣《けもの》の血を濃く受け継いでいる人間が大勢暮らしていた。

牧原の家には二朗をはじめ、今日神社で祈禱《きとう》を受けた祖父や父など、兎の本性《ほんせい》を持つ者が生まれてくる。でも牧原の家族全員が兎というわけではなく、兄は本性を持たない普通の人間だった。

そして九条家というのは、古くから天杜村を支配する、虎の本性を持つ者の家系だ。

「大人が話してるのを聞いたよ。嗣仁というあの子は九条家の次男で、しばらくこの村に滞在するらしい。今度会ったら、おまえもびくびくしないで、ちゃんと友だちになれよ？」

「やだよ」

二朗は顔をしかめて即答した。

「二朗、おまえなぁ……」

一朗は処置なしといった感じで、大きくため息をつく。

だが、怖いものは怖い。

九条の虎――高位の存在に対する本能的な恐怖は、二朗にはどうすることもできなかった。

†

夏休みが終わり、二学期が始まってからも、ずっと虎の気配がしていた。

いくら九条家の人間だと言われても、本能の部分に刻まれた恐怖はなくならない。

二朗はずっと虎の気配を気にして、なるべく近寄らないように気をつけていた。

しかし、ある日のこと、ふと気になってきた。

虎の嗣仁は毎日のように居場所を変え、村中を歩き回っていたが、学校の友だちは誰も接触していないと言うのだ。あとで大人に聞いて、嗣仁が自分よりひとつ年齢が上なだけだとわかったが、二学期が始まる時期になっても、まだ東京へ帰っていないというのも、おかしな話だった。

九条家の当主は今、東京にいる。長男の諸仁《もろひと》は高校生で、すでに父親の事業を手伝い始めているという。

村の屋敷にいる九条家の者といえば、まだ小さな末の弟だけのはずだ。三男の母親は、去年病気で亡くなっていた。

となれば、嗣仁は幼い弟だけを相手に、過ごしていることになる。

——お父さんもお母さんもいなくて、それにお兄さんともこんなに長い間離れてて、寂しくないいんだろうか？

ふっと頭に浮かんだのは、そんな疑問だった。

初めて出会った時は、しっかりと恐怖を刷り込まれてしまったが、冷静に考えれば、危害を加えられたわけじゃない。

もしかして、あれもほんとは、友だちになりたいとかじゃなかったのだろうか？

一度気になり出すと、あとはもう何も手につかなくなる。回答を得るには、虎に直接対峙《たいじ》するしかなかった。

小学校からの帰り道、二朗はさっそく兄に相談を持ちかけた。

「なあ、兄ちゃん。あの虎さぁ」

「え？　虎？　それって、この前会った九条家の子のこと？」

訊ねられて、二朗はこくりと頷《うなず》いた。

「うん、あの虎、まだ天杜村にいるけど、ひとりで寂しくないんかな？」

「寂しいって？　でも弟さんがいるはずだし、他にも屋敷では大勢の使用人が働いてるだろ？」

兄はぴんとこないように首を傾げる。

「だって、使用人ってみんな大人だろ？　友だちになれるわけじゃないよ。それに弟だってまだ赤ん坊なんだろ？」

「確か、二歳ぐらいのはずだな」

閉鎖的な村だけに、村内のネットワークは密だ。各家の家族構成は、すべての村民が知っているいると言ってもいいぐらいだった。

「だから、あいつには同い年の友だちとかいないだろ？　だからさ……」

二朗は熱心に言いかけ、そこでふっと言葉を切った。

だから何をしようと言うのか、自分でもよくわからない。

「二朗はもしかして、あの子と友だちになりたいのか？」

あまりにも意外なことを訊ねられ、二朗はただでさえ大きな目をさらに見開いた。

「そんなわけないよ。虎と友だちになるなんて、冗談じゃない」

胸の前で必死に手を振って否定するが、兄はにっこり笑っているだけだ。

「でも、二朗は気になって仕方ないんだろ？」

「うぅ……」

二朗は答えようがなく、唸《うな》るような声を上げただけで黙り込んだ。

兄は二朗の頭にぽんと手を置く。

「二朗のことは、兄ちゃん、よくわかってるから。おまえがあの子と友だちになりたいなら、一緒に会いに行こう」

「ええっ？」

「善は急げって、この前学校で習ったばかりだ。今からさっそく訪ねてみようか」

「ええっ？　兄ちゃん、本気かよ……あいつは虎なんだぞ？」

ぐいぐい話を進める兄に、二朗は慌ててかぶりを振った。

「だって気になるんだろ？　それに怖い怖い言ってるのも、友だちになってしまえば平気になるはずだ」

普段は一歩退いた位置にいる兄だが、ふとした拍子に恐ろしく強引になることがある。

それに二朗がびびっていても、一朗は平気で突き進んでいくのも、いつものことだった。

二朗は、半ば一朗に引きずられるように、学校から九条家の屋敷へと足を向けたのだ。

†

九条嗣仁は暇を持て余していた。

九条の家族は東京と天杜村に離れて暮らしている。

嗣仁も普段は東京暮らしなのだが、今回は父の命令でしばらくの間、天杜村に滞在することになっていた。

だが天杜村の屋敷にいるのは幼い弟だけだ。まだろくに口もきけない状態なので、ぷにぷにした頬を指で突っついていても、すぐに飽きてしまう。

弟の皐織は確かに可愛いが、面白みのある遊び相手ではなかった。

かと言って、村の子供とはあまり接触したいとは思わない。

この前、神社で小さな兎に出会ったが、ひどく怯えられてしまった。あんなふうにびくびくされるだけでは、こちらのほうが疲れてしまう。

だから嗣仁はひとりで暇を持て余す結果になっていたのだ。

しかし、この日、座敷で寝かされている皐織の横でごろりとなっていた嗣仁は、あの時の兎の気配が近づいているのを感じ取り、むくりと起き上がった。

兎は人間の兄と一緒に、明らかにこの屋敷を目指している。

「へえ、自分から近づいて来るとは、面白いじゃん」

嗣仁は思わず頬をゆるめ、それからゆっくり玄関に向かった。

ピカピカに磨き立てられた長い廊下を歩いていると、弟の乳母《うば》が焦ったように声をかけてくる。

「つ、嗣仁様……ど、どちらへ？」

地味な色合いの着物を着た乳母はただの人間だ。虎である自分を恐れ、なるべく近づきたくないと思っているのは明らかだった。

「玄関までいくだけだ。皐織なら、座敷で涎《よだれ》垂らしながら眠ってるぞ」

嗣仁はそっけなく弟の様子を伝えて、さらに廊下を進んだ。

せっかくだから、表門まで迎えにいってやろうと思いつき、玄関でスニーカーを履いて表に出る。

広い前庭を進むと、ぴたりと閉ざされた豪壮な門があり、嗣仁は通用口を通り抜けて門前へと進んだ。

そこへちょうどタイミングよく、人間と兎の兄弟がやってくる。

有名ブランドのフードつきパーカを羽織った嗣仁は、わざとらしく腕組みをして、のこのこ出向いてきた兄弟の顔を見据えた。

「何をしに来た?」

そっけない声で訊ねると、弟の兎がびくっと身をすくめる。

慌てて兄の背中に隠れた臆病者《おくびょうもの》に、嗣仁は冷ややかな視線を投げた。

しかし一緒に来た兄のほうは、ほとんど反応を見せず、嗣仁はかすかに興味を覚えた。

兄はただの人間だ。幼い時に、弟や妹の命名者となるのは、天杜村ではごく当たり前。今さら驚くようなことでもない。

天杜村では、九条の一族も含め、獣の本性を持つ者が数多く存在する。だがそれらの者がこの世界で普通に生きていくためには、命名者という存在が必要不可欠とされていた。

命名者は獣の本性を持つ者に名前をつけ、それと同時に霊珠をとおして《気》を送る。獣の本性を持つ者は、ずっとこの《気》を必要とし、だからこそ、生涯を通じて命名者と密接な関係を続けることになる。

嗣仁にももちろん命名者がいる。三十五歳の男性で、代々九条に仕えている家の出身だ。彼に対する信頼は、嗣仁にとっても絶対のものだった。

「やあ、こんにちは。二朗が君に会いたいっていうから、連れてきたんだ」

「俺に会いたい?」

あれだけ怖がっていたのに、不思議なことを言うものだと、嗣仁は首を傾げた。

「君が寂しがっているんじゃないかと、弟が……」

「俺が寂しがっているだと？」

嗣仁は思わず唸るような声を上げた。

そのとたん、兄の陰に隠れた兎が、びくっとしたように小さな身体を震わせる。

何もしていないのに、そんなふうに怯えるなら、最初から近づいてこなければいい。

だいいち九条は天杜村を支配する家だ。弱小の者を本気で襲うわけがない。なのに、必要以上に怯えるのは、侮辱されたも同然だった。

そのうえ言うにことかいて、嗣仁が寂しがっているなどとは許せない暴言だ。

「ご、ごめん。怒らないでくれるかな？　弟はこう見えて優しいところがあるから、君のことが気になったんだと思う」

兄のほうは純粋な人間だから鈍感なのか、さほど嗣仁を怖がる様子はない。兎の弟は兄の陰で身を縮めているだけで、もう口をきく元気もなさそうだ。

「弟が優しい？　そしておまえは弟思いの兄貴というわけか……」

嗣仁はそう言いつつも、なんとなく納得がいかなかった。

結局のところ、自分はこの兄弟に、ひとりで寂しがっていると思われているのだ。

虎はこの上なくプライドの高い獣だ。その虎である自分をつかまえて、そんな評価をくだすこと自体が問題だった。

この弱々しい兄弟に、本当の自分の姿を見せたらどうなるか……。

嗣仁はふと思いついたことを、すかさず実行に移した。

次の一瞬には、少年の輪郭が歪《ゆが》んで白い靄《もや》に包まれる。

その靄から出現したのは、猫科の肉食獣、巨大な虎だった。黄褐色の背にくっきりとした黒の縞《しま》模様が浮かんでいる。

「ガルルルル――」

嗣仁は太い四肢を突っ張って、低い唸り声を上げた。

「ヒャアッ、――ッ！」

後ろに隠れた兎が頓狂《とんきょう》な声を上げる。と同時に、真っ白な毛並みの本性に変化した。

「あぁっ」

人間の兄も、突然目の前に現れた猛獣に、全身をすくませた。

真っ白な兎は兄を置きざりにし、長い耳を震わせながら早くも逃げ出していく。

本来臆病な性を持つ兎だ。それは少しもおかしな反応ではなかった。

人間の兄のほうは、全身を硬直させつつも、逃げ出さずに頑張っている。

嗣仁はふと悪戯《いたずら》心に目覚め、人間の兄に近づいた。

まだ小学生だが、虎の本性に戻れば、大人と比べても遜色《そんしょく》のない体軀《たいく》になる。嗣仁は鋭い牙を剝き出しにして、そのあと近くにあった顔をぺろりと舐《な》めてやった。

「くっ……」

兄は叫び声さえ上げられず、硬直している。

それが普通の反応だ。

自分は百獣を支配する虎。恐れ、戦《おのの》けばいいのだ。

嗣仁は満足を覚え、もう一度兄の顔を舐めた。

あり得ないことが起きたのは、その直後だった。

一度逃げたはずの兎が、猛然と突っ込んできたのだ。

「兄ちゃんに何するんだ！」

弱い兎に突進され、嗣仁は思わずたじろいだ。

向かってくる敵を倒すのは簡単だが、これはあまりにも弱小の存在だ。

だが躊躇《ちゅうちょ》している間に、小さな兎は何度も体当たりしてくる。

嗣仁はたまらずに、ひょいと首を振って攻撃を避《よ》け、兎の首筋にすかさず牙《きば》を立てて咥《くわ》えた。

「やあ——っ！　は、放せっ！」

「二朗！」

弟の悲鳴を聞いて、今度は人間の兄が向かってくる。

これ以上、このうるさい兄弟の相手をするのはまっぴらだと、嗣仁は大きく首を振って、白い兎を放り投げた。

強く力を入れたつもりはないが、二メートルほど吹っ飛んだ兎が、勢い余ってころころと転がっていく。

「二朗、大丈夫か？」

人間の兄は必死に叫んで、兎の弟に駆け寄っていく。

嗣仁はそれを横目で見ながら、太い四肢で力強く地面を蹴《け》った。

馬鹿馬鹿しくて、これ以上相手はしていられない。

こんな面倒な兄弟とは、これきり会いたくもなかった。

†

獰猛な虎の姿が消え、兎に変化した二朗は、目を真っ赤に泣きはらしながら兄に縋《すが》りついた。

「二朗、どこも怪我《けが》しなかった？」

兄は兎の二朗を抱き上げて、長い耳の裏や手足、まん丸の尻尾など、いたるところを確認してくる。

耳に触られるとくすぐったかった。全身真っ白な毛で覆われているけれど、耳が特に敏感で、勝手にひくひくしてしまう。

「あんなやつ、嫌いだ」

二朗は泣きながら訴えた。

自分だけならまだしも、大事な一朗まで脅すとは見下げ果てたやつだ。

寂しいかもしれないから、友だちになってやってもいい。

そう思った自分は大馬鹿だ。

「どこにも怪我はないようだね。さすがに加減はしてくれたのか……」

さっき脅されていたのは同じなのに、一朗はやけに冷静な声を出す。

小さな兎の身体をそっと地面に下ろされて、二朗は情けない顔で兄を見上げた。前肢を胸の前まで上げ、後ろ肢だけで立っても、もう兄は抱き上げてはくれない。

長い耳は恐怖の名残で、後ろにぺたりとついたままだ。

「二朗、仕方ないから、もう帰ろうか?」

「兄ちゃん……」

「二朗はそのままの格好で帰る？　それならぼくが二朗の服を持っていくよ」

「兄ちゃん」

二朗はため息をついた。

兄はすっかりいつもどおりで、細かなことばかりに気を遣っている。

「ここに長くいるのはいやだ。このままで走っていく」

ここで変化を解けば、服を着る時間が余分にかかる。

「そっか。なら、帰ろうか」

一朗はそう言って、地面に落ちていた二朗の服一式と運動靴、そしてランドセルを拾い上げた。

二朗は丸い尻尾を振ってぴょんぴょんと跳ねながら、家に向かう兄のあとを追った。

途中で一度後ろを振り返る。

馬鹿虎……おまえなんか、もう知らないからな。

あとで友だちになりたいとか言ってきても遅いぞ。

おまえなんか大嫌いだ。

二朗は胸のうちで悪態をつき、兄と一緒に家路を辿ったのだ。

2

『私立天杜学園』は、天杜村の支配者である九条家が新しく創立した教育機関だ。広大な敷地に中等部と高等部を擁し、隣接して初等部用校舎の建設も進められている。

天杜学園は、表向きには少数精鋭のエリート教育を施すということになっているが、受け入れる生徒は、なんらかの形で天杜村、あるいは天杜村に類似する特殊な環境で育ってきた者たちに限られていた。

普通の人間とは根本的に違う、獣の本性を持つ者が、一般社会で暮らしていくのは問題が多い。それを少しでも緩和するために、九条家が私財を投じてこの学園を建てたのだ。教師や事務スタッフも天杜村、あるいは葛城《かつらぎ》村の出身者たちで固められ、特殊な事情を持つ生徒のサポート体制も万全に整っている。

設立されたばかりのその天杜学園では、今日、入学式と編入式が同時に行われることになっていた。

「兄ちゃん、なんかすごいところだな……」

牧原二朗は、三階建ての立派な校舎を見上げ、ぽかんと口を開けた。

「ああ、ほんとに立派だな」

グレーのエンブレム付きのブレザーに黒のスラックスという制服を着た一朗も、同じく校舎を見上げてため息をつく。

以前からゆるやかに過疎化が進んでいた天杜村は、ダムの建設計画にともない、一気に村民が流失した。牧原の家も五年前に家族全員で天杜村を出て、東京住まいを続けている。

一朗、二朗の兄弟は、今までごく普通の小学校、中学校に通っていたが、そこではずっと息を潜めている状態だった。

二朗の本性が兎であることを普通の人間に知られれば、大変な騒ぎになる。そして、もしそんなことが世間に漏れたら二朗や牧原家だけではなく、天杜村出身者全員の問題となるのだ。

だから小学四年で転入した二朗は、友人もほとんど作らず、ひたすら大人しくしていた。

しかし、それも昨日までの話だ。

二朗が中等部の三年、そして一朗が高等部の三年に編入する学園は、天杜村出身者が大勢いる。昔なじみの顔見知りも多く、これからは伸び伸び学園生活が送れると、二朗の胸は期待で膨らんでいた。

四月の初旬、この日はとてもよい天気で、校庭に植えられた桜が満開だった。

生徒数はさほど多くないので、中等部、高等部の合同で入学式と編入式が行われることになっている。

真新しい制服に身を包んだ二朗は胸を弾ませ、兄と肩を並べて体育館に向かった。

中等部と高等部の制服の違いはネクタイとリボンタイだ。中等部の生徒は臙脂色のリボンタイ、高等部は黒とグレーが交じったシックなレジメンタルタイを締める。各学年は襟《えり》につけた校章の台座の色で見分けられるようになっていた。

「さすがに、いろんなやつがいるね」

二朗は兄の顔を見上げ、ふうっとひとつため息をついた。

いろんなやつとは、本性のことだ。

二朗の隣にいるのは鼠と土竜《もぐら》、二列向こうには猫と犬が並んでいる。後方には猿と狐がいて、大きな熊も控えていた。体育館は、まるで動物園なみに、様々な種の気配が入り混じっている。だが数的には、兄の一朗と同じ普通の人間のほうが多い。

「あっ、花子《はなこ》だ！　兄ちゃん、東峰《とうみね》の花子がいる」

体育館に入った二朗は、集まった生徒の中に、天杜村で一級上だった花子の姿を見つけた。

花子自身は普通の人間だが、東峰家は狸《たぬき》の血筋だ。そして花子は小さな弟の命名者だった。

「わあ、一朗さん、二朗も、懐かしいね」

兄弟に気づいた花子が、友人らしい女子生徒を掻き分け、こちらへと近づいてくる。

女子の制服のデザインもベースは男子と一緒で、スラックスが襞《ひだ》スカートに代わるだけだ。

そしてブラウスに、中等部は臙脂色、高等部は紺色の大きなリボンを結ぶ。

久しぶりに会う花子は髪を長く伸ばし、顔立ちもずいぶん大人びて見えた。

「これからまた一緒だな」

二朗に続き、一朗も幼なじみに嬉しげな顔で挨拶《あいさつ》する。

「花子、またよろしく頼むよ、こいつのこと」

「一朗さんは相変わらず二朗の面倒ばっかりみてるみたいだね。二朗、もう中三なんだから、これ以上世話をかけちゃ駄目だよ？」

いらぬお節介に、二朗は思わず頰を膨らませた。

「わあ、子供っぽい」

「なんだよ？　花子のくせに」

いきなりからかわれ、二朗はむっとしつつ言い返した。

けれど基本的には仲よくしていた友だちだ。

「ところで、脩《しゅう》はここに編入してこないの？」

花子は共通の友人の消息を訊ねてくる。

二朗より一歳下の脩は、天杜神社の宮司さんのところに貰《もら》われてきた子供だ。天杜村の生まれではないが、狼《おおかみ》の本性を持っている。

「うん、脩はここに編入しないみたいだ」

「ええっ、脩、ここに来ないの？　どうして？」

花子はとたんにがっかりした声を出す。

「途中で学校変わりたくないとか言ってたけど、詳しい理由は聞いてない」

「そうなんだ。またみんなで一緒になれると思ってたのに、残念だね」

「そのうち、機会を見つけてみんなで会えばいいさ」

「そうだね。そのうち……」

一朗に宥《なだ》められ、花子は笑顔を取り戻す。

そのあと花子の他にも知り合いと挨拶を交わしているうちに、いよいよ式の時間になった。

ステージに向かい、中等部が左側、高等部は右側を占め、一年から順番に整列する。

入学式及び編入式となっているのは、ここにいる生徒がすべて、この学園では新規の生徒となるからだ。

兄と別れた二朗は、少し緊張しながら式の進行に身を委《ゆだ》ねた。

そして校長や来賓の祝辞、各学年の代表の挨拶など、粛々と進んでいき、あと少しで式が終わろうかという時だった。

二朗は覚えのある気配に、背筋をぞっと凍りつかせた。

何年も前に感じた恐怖を瞬時に思い出し、全身の産毛が逆立つ。必死に堪《こら》えていないと、今すぐ本性に変化して逃げ出してしまうところだった。

ぎゅっと両手を握りしめ、全身を強《こわ》ばらせていると、まわりの生徒が何故かいっせいにうっとりとしたため息を漏らす。

二朗はつられたようにステージを見て、あっと息をのんだ。

袖から優雅な足取りでスタイルのいい男子生徒が出てくる。モノクロのレジメンタルタイは高等部のものだ。

中央まで進み、全校生徒へと顔を向けたのは、天杜村で出会った虎だった。

あの時小学生だった九条嗣仁は、迫力ある美貌《びぼう》の男に変化を遂げていた。今高等部一年のはずだが、百八十近い身長で、長い手足のバランスもいい。

「キャ――ッ」

「嗣仁様ぁ！」

女子生徒の間から、時ならぬ黄色い歓声が上がり、体育館の中が一時騒然となる。

嗣仁が軽く右手を上げると、その騒ぎはいっぺんに静寂へと変わった。

「やあ、諸君。注目してくれてありがとう。今日、栄えある入学式及び編入式を迎えた諸君、おめでとう。我が天杜学園での学園ライフを大いに楽しんでくれたまえ。以上。挨拶終わり」

簡単なスピーチを終えたと同時に、また黄色い歓声が上がる。

驚いたことに、嗣仁はそんな女子生徒たちに投げキスをして、ステージの袖へと引っ込んでいった。

なんて軽薄な……。

それに自分より先輩の生徒だっているのに、なんて失礼なやつ……。

二朗は恐怖をとおり越し、呆《あき》れ返ってしまった。

嗣仁が群を抜いてかっこいいことは認めてもいい。

それになんと言っても、九条家は天杜村の殿様と呼ばれる家系だ。学園の創設者一族に属する嗣仁が、女子にもてるのは当たり前だろうが、あの人を食ったような態度はなんなんだ。

いくら学園創設者の息子でも、完全にやりすぎだと思う。

入学式及び編入式が終わって解散になったあとも、二朗の腹立たしさは収まらなかった。

しかし、その腹立たしさのお陰で、虎への恐怖が薄れたのは皮肉な成り行きだった。

†

二朗は、四月に始まったのびのびした学園生活を思いきり楽しんでいた。

一学年はだいたい三十人ぐらいのクラスふたつで構成されている。二朗は特別に勉強が好きというわけではなかったが、天杜学園の教師の授業は意外に面白く、また生徒同士で気兼ねなく話ができる環境というのも新鮮だった。

二朗は極度に怖がりなところがあり、何かで驚くと、突然兎に変化してしまう心配があった。今まで人前で変化するのは絶対に許されないことだったが、天杜学園の中でなら、笑われるだけですむのだ。

最初は虎の気配にびくびくしていたが、幸い向こうは、五年前に天杜村で会った子供のことなど忘れているらしい。時折遠くで見かける時も、編入前の学校で一緒だったらしい取り巻きや、ファンの女子に囲まれてふざけ合っているだけで、二朗に関心が向けられることはなかった。

そうして徐々に警戒をゆるめ、編入から一ヶ月ほど経った放課後。二朗は思いがけない呼び出しを受けることになったのだ。

「君、中等部三年の牧原二朗君？」

「そうだけど……」

いきなりふたりの高等部の生徒に行く手を阻まれ、二朗は怪訝《けげん》な思いで首を傾げた。

「ちょっと一緒に来てくれ」

「えっ、俺、今日は担任の手伝いに呼ばれてるんですけど」

「それは無視していい。担任の教師にはこちらで連絡しておく。君は生徒会室に来てもらうから」

「さあ、案内する。こっちだ」

「ま、待ってください」

いきなりの要請に、二朗は焦った声を上げた。

だが、その時にはすでに両側から腕を取られ、逃げ出せない状態だった。

右側の小柄な生徒は本性が山犬、左の大柄なほうは猪《いのしし》で、ふたりとも高等部の一年生だった。

「嗣仁様をお待たせしてはならない。急ぐぞ」

「ああ、急ごう」

彼らが漏らした名前に、二朗はぎくりとなった。

自分を呼び出したのは、あの軽薄な嗣仁だ。

天杜村で放り投げられた時の恐怖が蘇《よみがえ》り、いっぺんに全身が強ばった。

あの虎の前には絶対に行きたくない。

天杜学園に来てひと月、何事もなかったのをいいことに、すっかり油断していた自分に腹が立つ。しかし、ふたりの上級生に左右から押さえられては、とても逃げ出せなかった。いつもどおり兄に助けを求めようにも、今日は早めに授業が終わる日で、すでに帰宅したはずだ。

そうして二朗は無理やり、校舎の三階にある生徒会室へと連れ込まれたのだ。

生徒用だというのに、呆れるほど豪華な部屋だった。

広々した室内には、すっきりしたデザインの会議用テーブルと椅子《いす》が置いてある。中に隣室に通じるドアがあって、入っていくと、そこはまるでホテルのスイートルームのようなインテリアになっていた。

大きな執務用のデスクが置かれ、ＰＣ関連の最新機種がずらりと並んでいる。そのうえ豪華なソファセットが据えられ、床には毛足の長い絨毯《じゅうたん》まで敷かれているといった徹底ぶりだ。

そして、そのソファでだらしなく足を投げ出した格好で、座っていたのが九条嗣仁だった。

「嗣仁様、牧原二朗を連れてまいりました」

「ああ、ご苦労。おまえたちはもう下がっていいぞ」

「はっ、それでは失礼いたします」

「何かあれば、お声をおかけください」

二朗を連れてきた山犬と猪は、まるで将軍を前にした下士官のようにきっちりと腰を折ってから部屋を出ていった。

「さてと……よく来たな、牧原二朗」

ソファに腰を下ろしたままで声をかけられて、二朗はこくりと喉を上下させた。

遠くで見かけた時も思ったが、嗣仁は恐ろしいほどきれいな男になっていた。

明るくカラーリングした髪は、やや長めにカットされ、片側をピンで押さえてある。シャープな輪郭にすっきりと整った目鼻。形のいい耳にはシンプルなピアス。そして制服のネクタイをゆるめ、白シャツのボタンも三つほど外していた。剝き出しの胸には、シルバーのネックレスが覗いている。

高等部一年の嗣仁が生徒会長に就任したのは知っていたが、この格好は生徒手帳に記載されている服装規約に反している。でも長身の嗣仁には、そのスタイルが妙に似合っていた。二朗とはひとつしか歳が違わないはずなのに、大人を相手にしているような気分に陥る。

「なんで……俺を……？」

二朗は掠れた声で問い返した。

虎を前に平静を保つのは至難の業だ。異常に心拍数が上がり、今すぐこの場から逃げ出したくなるが、それを必死に我慢する。

「なんだ。俺が怖くて震えてるのか？」

馬鹿にしたような調子に、二朗は恐怖も忘れて言い返した。

「別に、あんたなんか怖く、ないっ！」

完全に虚勢だが、反撥《はんぱつ》せずにはいられない。

すると嗣仁はおかしげに口元をゆるめた。

「相変わらず、元気だけはいっぱいだな。まあいい。おまえを呼び出したのは、再会を祝してのことだ。とりあえずそこに座れ。何か飲みたければ頼んでやる。お茶でも冷たいドリンクでも好きなのを言え」

「別に、俺はこのままでいい。あんたとは再会を祝うつもりもない。よ、用事がそれだけなら、俺はもう帰るからなっ」

二朗は勢いをつけて宣言し、くるりと後ろを向いた。

そのとたん、張りのある声がビリビリと響いてくる。

「誰が帰っていいと言った？」

二朗はいっぺんに背筋を凍りつかせた。

ひと言脅されただけで、萎縮《いしゅく》して動けなくなった。敏感な耳がピクピク震え、掌《てのひら》にはじっとり汗が滲《にじ》む。

「そんなに怯えるな。襲ったりしないから、そこに座れよ」

二朗が固まったままでいると、今度はやけに優しげな口調で誘われた。

もう逃れられないものと、二朗はぎこちなく向かい側のソファに腰を下ろした。

だが嗣仁は、二朗が遠くに座ったことが気に入らなかったらしく、人差し指を上向きに突き出して、内側にくいっくいっと折り曲げる。

もっとそばに寄れという合図だ。

二朗は喉をひくりと上下させ、その命令にも従った。

恐る恐る嗣仁の隣に腰かけると、わざとらしいため息が聞こえてくる。

「どうしてそんなにビクビクしてるんだ？　俺はこの学園の生徒に責任を持っている。食《く》い殺したりしない。だから安心しろ」

そんなことを言われても、いったん染みついた恐怖が晴れることはなかった。

「おまえさ、ここに来る前の学校でも、ずっとそんなふうにびくついてたのか？」

「そ、そんなことない」

二朗はふるふると首を左右に振った。

今までの学校ではひたすら目立たないようにしていただけだ。まわりには本性を持つ者が誰もいなかったから、びくつく必要もなかった。

「じゃ、俺が怖いだけか？」

「こ、怖くなんか……ない」

先ほども同じことを訊《き》かれたが、今度の答えは自分でも情けなくなるほど声が震えた。

「あーあ、俺はおまえを可愛がってやるつもりで呼んだんだぞ。なのに、そんなにびくつかれちゃ、傷つくな」

嗣仁は長い指で髪を掻き上げる。わざとらしい動作なのに、それもなんとなくかっこよく決まっている。

「何を言って……あ、あんたが傷つくなんて、ありえないだろ」

意外な言葉に、二朗は恐ろしさを堪えて言い返した。

すると嗣仁はにやりと笑い、逞《たくま》しい身体を寄せてくる。

「へえ、俺のこと、よくわかってるじゃないか。いいぜ。ほんとのことを教えてやる。おまえもそのほうがいいだろ？」

「な、……何……？」

二朗は思わずびくりと身体を退こうとしたが、ソファの背もたれに遮られて逃げ出す余裕はなかった。

嗣仁はそっと二朗の肩を抱き、わざわざ耳に口を寄せて甘い声で囁《ささや》く。

「おまえを呼んだのは、退屈してたからだ。オヤジの命令どおり、俺は大人しくこの学園に通ってきているわけだが、あまりにも刺激がなくて、さすがに飽きてきた。だからな、毛色の変わったおまえでも可愛がってやろうかと思いついたわけだ」

「俺を可愛がる……？」

二朗は信じられずに目を見開いた。

嗣仁は間近で覗き込んでくるが、何を考えているのかさっぱりわからなかった。

「今の生徒会の中心メンバーは、中学から一緒だった連中だ。あいつら俺の命令にはなんでも簡単に従う。意外性がなくて面白みがない。だから、おまえ、生徒会に入れ」

「ええっ？　だって、俺、まだ中等部だし……」

「この学園の生徒会は高等部と中等部で合同となっている。今は高等部の者だけで運営しているが、そのうち中等部からもメンバーを入れるつもりだ」

「でも、俺、生徒会なんて、何やるか知らないし」

二朗がそう言うと、嗣仁は何故かくすりと笑う。

「毎日、ここに来てお茶してればいいんだよ」

「そんない い加減なこと」

「新しくできたばかりの学園だ。部活の数もまだ少ないし、今のところ生徒会があくせく動かなきゃいけない案件はない」

二朗は呆れてしまった。

「それであんたは、ここで毎日お茶してるのか?」

「ああ、そうだが? 何か問題でもあるか?」

開き直られて、二朗は黙り込んだ。

設立されたばかりの学園なのに、嗣仁は九条家のバックと自身のカリスマ性を駆使して、すでに絶大な権力を手にしているのだろう。そして自分の欲望のために、ためらいなくその権力を行使するつもりだ。

二朗の頭の中は、そんな妄想でいっぱいになった。

「とにかく、おまえは明日から生徒会のメンバーだ。いいな?」

断言する嗣仁は、すでに暴君の片鱗《へんりん》を見せつつある。

本当は危険な虎になど近づきたくはなかった。しかし間近でじっと見つめられ、二朗は操られたように、こくりと頷いた。

それを見て、嗣仁はふわりと微笑《ほほえ》む。

きれいな笑みを見せられ、二朗はドキリとなった。間近にある端整な顔に、我知らず見惚《みと》れてしまう。

でも、いくらきれいでも、相手は男だ。うっとり見つめてしまうなんて間違っている。それにこのまま流されたように生徒会入りするのも、どうかしている。

「お、俺、やっぱり生徒会は……」

二朗は勢いよくぶんぶんと首を左右に振った。

だが嗣仁はぐいっと肩を抱く手に力を入れてきた。小柄な二朗は思わず嗣仁の胸に倒れてしまう。

「今さら遅い」

「そんな……」

一言のもとに否定され、二朗は呻《うめ》くような声を出した。

嗣仁はそんな二朗の耳に口を寄せ、やけに甘ったるい調子で囁く。

「明日から、おまえのこと徹底して可愛がってやるよ」

「ひゃあ……っ！」

耳に熱い息を吹き込まれた瞬間、二朗は思わず首をすくめた。

敏感な耳がピクピクと勝手に動く。

それを目の当《ま》たりにした嗣仁は、突然大声で笑い出した。

「アハハ……おまえ、耳弱いんだな。兎だもんな……面白ぇ……ハハハ。よし、やっぱおまえを可愛がってやる。おまえは俺のパシリ決定、な？」

遠慮もなく笑いながら、嗣仁はさらりと不穏なことを口にする。

二朗は憮然《ぶぜん》としたが、それでも重ねて断りを入れることはできなかった。

†

翌日の午後。授業が終わり、二朗はいそいそと帰り支度をしていた。

そんなところへ、クラスメイトの女子が声をかけてくる。

「牧原君、帰り、カラオケにいかない？」

「えっ？」

女子に直接誘いを受けるなんて生まれて初めてだ。

二朗はぱっと顔を輝かせたが、横からもうひとり男子生徒も割り込んでくる。

「俺たちのクラスでもっと親睦《しんぼく》を図ろうって感じで、暇なやつみんな誘ってるんだ」

「カラオケか……俺、行ったことないや」

天杜村から東京に出てきてもう何年も経つが、放課後どこかへ遊びにいくなんて冒険は初めてだ。今までは兄の一朗と買い物にいくぐらいがせいぜいだった。

クラスのみんなと親しくつき合うのは大歓迎だが、二朗はすぐにしょんぼりと肩を落とした。

「ごめん。俺、駄目だわ。今日、生徒会へ行かなきゃいけないいんだった……」

ため息混じりにそう明かすと、隣に立っていた男子生徒が目を丸くする。

「えっ、おまえ生徒会に入れてもらうの？　すごいじゃないか」

「えっ、何、何？　牧原、生徒会入り決定なの？　すげぇ」

他の生徒たちも耳聡《みみざと》く今の話を聞きつけ、わやわやとまわりに集まってくる。

二朗はいっぺんに注目の的となっていた。

でも、皆が我が事のように喜んでいるのが信じられない。

「二朗君、いいなぁ、嗣仁様のお顔をいっぱい見られて」

「ほんと、ステキよね、嗣仁様」

女子生徒はうっとりと夢見るような顔つきになっている。

二朗は納得がいかずに眉根《まゆね》を寄せた。

「まだ何も決まってないよ。昨日、呼び出された時は確かに生徒会に入れって命令されたけど、俺、いやだから、今日は断りにいくんだ」

憮然とした調子で言うと、まわりの生徒たちはあっけにとられたように黙り込む。

「なんだよ？　俺、なんかおかしなこと言ったか？」

「だってさ、牧原。生徒会入りを命じられたって、それ、もしかして九条先輩から直接？」

男子生徒のひとりに訊かれ、二朗は渋々頷いた。

しかし、生徒たちはほうっといっせいにため息をつく。

「おまえ、断るとかマジかよ？　何考えてんだ？」

「そうだよ。直々《じきじき》に誘っていただくなんて名誉なことなんだから、断ったりしたら失礼でしょ？」

「嗣仁様にお声をかけていただくだけで、すごいことなのに、それを断ったりしたら、牧原君、学園中を敵に回すことになるよ？」

口々に脅されて、二朗はたじたじになった。

九条家は確かに、千年以上も前から天杜村を支配してきた古い家系だ。村では九条家の当主を代々「殿様」と呼んでいる。でも、ダムの建設騒ぎで住人はほとんど村を出てしまったし、今まわりにいる生徒たちの大多数は、天杜村に行ったことさえない。

なのに九条家の息子というだけで、どうしてこれほど騒ぐのか、二朗にはまったく理解できなかった。

あいつは獰猛な虎で、確かに支配者の風格を持っている。でも、あんないやなやつなのに、なぜ人気があるのか、本気でわからなかった。

「とにかく、俺、心配だからついていってやるよ。絶対に、断ったりしたら駄目だからな」

「そうだね。牧原は子供っぽいとこあるから、嗣仁様の前で何かやらかすかもしれない。一緒に行ってフォローしたほうがいいかも」

「俺たちのクラスの名誉もかかってるしな。カラオケなんかいつだって行ける」

話が妙な方向にずれ、二朗はますます戸惑った。

だが、男子も女子も皆、一様に真剣な目つきで、迂闊に口を挟める雰囲気じゃない。

そうして二朗は、結局十人以上のクラスメイトに囲まれながら、高等部の校舎に向かい、さらに三階の生徒会室へと出向く羽目になったのだ。

クラス委員をやっている男子生徒がこくりと喉を上下させ、コツコツとドアをノックする。

中から顔を出したのは、昨日二朗を拉致《らち》しにきた生徒会の役員だった。

大勢の来訪に眉をひそめられたが、しっかり者の女子生徒がすかさず一歩前へと進み出る。

「あの、大勢で押しかけることになって、申し訳ありません。私たち、牧原二朗君のクラスの者です。牧原君は気の弱いところがあるので、今日は付き添いとして一緒に来ました」

「付き添い？」

本性が猪の高等部の先輩は、相手が女子のせいか、不快げだった表情をやわらげる。

そこへすかさず、クラスの男子代表が声をかけた。

「牧原は本当に気が弱いところがありまして、皆様にご迷惑をおかけすることを恐れ、生徒会入りを辞退したほうがいいのではないかと悩んでおりました。ぼくたちは友人として、彼を全面的にサポートするつもりです。お騒がせしてしまいましたが、牧原のことはクラス全員で応援しているということだけ、ご報告しておこうと思いまして」

滔々《とうとう》とまくし立てたのは、本性がカモシカの同級生、三好《みよし》だった。彼は他の生徒より背が高く堂々としており、しかも黒縁の眼鏡をかけている。だから三好のほうがよほど生徒会向きだと思う。

だが、その時、部屋の中からパチンと指を鳴らす音が響いた。

役員はさっと緊張を漲《みなぎ》らせて振り返る。

会議用の椅子に腰かけ、長い足を組んでいたのは、嗣仁だった。

「嗣仁様」

「二朗の付き添いか……ずいぶん数が多いな。とりあえず入ってもらえ」

「はっ」

答えた猪は、ドアを大きく開けて、全員を会議室へと招き入れる。

二朗についてきた生徒たちは、ぎこちない足取りで嗣仁の前に並んだ。

「二朗、皆、おまえのクラスメイトか?」

嗣仁に訊ねられ、二朗は仕方なく頷いた。

「編入してまださほど経っていないのに、ずいぶん人気者になったな。それでこそ、俺が見込んだ二朗だ」

「え？」

思わぬ言葉に、二朗はきょとんと目を見開いた。

傲慢《ごうまん》な嗣仁のことだ。大勢引き連れてきたことを、怒られるとばかり思っていた。

「さあ、こっちに来いよ、二朗」

すっと左手の掌を上に向けて差し出され、二朗は操り人形のように嗣仁の隣へと進んだ。近くまでいくと、そっと肩を抱き寄せられる。

「！」

ドキンと大きく心臓が跳ねた。

前に並んだ同級生たちも、いっせいに息をのんでいる。女子にいたっては、なぜか恥ずかしげに頬まで真っ赤に染めていた。

「二朗のことは子供の頃から知っている。身体は小さくとも、兄思いで、いざとなれば本当に勇気ある行動を取ってくれる。二朗ならきっと、発足したばかりの生徒会の力になる。そう思って、彼を役員に指名した。君たちは、俺が二朗にかけた期待に、見事に応えてくれた。これからも、どうか二朗のことをよろしく頼む」

長々と演説し、最後には軽く頭まで下げてみせた嗣仁に、二朗は驚くだけで反論すらできなかった。

彫りが深く、きりりと引き締まったハンサムな顔に、極上の笑みまで浮かべているのだから、ついてきた女子はもう夢見心地になっている。男子も反撥どころか、尊敬と憧《あこが》れの眼差《まなざ》しでぼーっとしているだけだ。

二朗ははっきり言って面白くなかった。本当はすごく意地悪なくせに、後輩思いのいい先輩を演じる嗣仁が信じられない。

「二朗、自分に自信がなくて不安だったのか？　恥ずかしがらずに俺に言えばよかったのに。おまえのことは弟だと思っている。なんでも俺に頼ればいいんだぞ？　な？」

「……っ」

大きな手で髪の毛をくしゃりと掻き混ぜられて、二朗は絶句した。

ここまで来れば、役者どころじゃない、ペテン師だ。

「さて、諸君。そういうわけだから、二朗のことは俺に任せておいてくれ。君たちの友情には俺も感謝している」

嗣仁は二朗の肩を抱き寄せたままで、口調を変える。

ぼーっと嗣仁に見惚れていたクラスの仲間は、はっとしたように顔を赤らめた。

「す、すみません。お邪魔しました！」

「牧原君のこと、よろしくお願いします！」

クラスメイトは口々にそう言いつつぺこりと頭を下げる。そして、慌ただしく生徒会室から出ていった。

「みんな、待ってくれよ」

二朗は焦り気味に皆を引き留めたが、誰も歩みを止めなかった。

部外者がいなくなったところで、いよいよ嗣仁が本性を発揮する。

「おい、さっき聞き捨てならないことを言っていたな。生徒会入りを断るつもりだったとか……まさか、本気じゃないだろうな？　え？」

豹変《ひょうへん》した嗣仁の顔には優しさなど微塵《みじん》もない。

酷薄に目を細めて見つめられ、二朗は懸命に逃げ道を探した。

兎の本能が、盛んに危険だと告げている。今すぐここから逃げないと、何をされるかわからない。

だが、嗣仁の手はまだ二朗の肩にかかっていた。ぐいっと正面を向かされて、二朗は進退窮まったことを思い知らされる。

長身の嗣仁との身長差は二十センチ以上あるだろう。

両方の肩をつかまれた二朗は、文字どおり、鉤爪《かぎづめ》を出した虎に襲われているかのような心地だった。

「お、俺……生徒会なんて、向いてないから……え、遠慮しといたほうがいいと思って」

「ほお……遠慮、するだと？」

「あ、……うん、だって、その……迷惑かけるといけないだろ？」

二朗は心臓をバクバクさせながら、必死に言い訳した。

「ふーん、迷惑か……。まさか、おまえの口から、そんな言葉を聞くとはな……」

嗣仁はそう言いながら、片方の手だけ肩から外した。

自由にしてくれるのかと思ったのに、嗣仁の手はあらぬ場所に移動する。

ふわりとした髪から覗く耳を、いきなり引っ張られたのだ。

「ひゃっ！」

二朗は大きく飛び跳ねた。

耳は一番のウィークポイントだ。嗣仁はそれをよくわかっていて、わざとこんな真似をしたのだ。

「おまえの耳、ピクピク動いてほんとに面白いな」

嗣仁は意地悪なことを言いながら、二朗の耳を引っ張ったり、指でくすぐったりする。

「や、やめてくれよ」

二朗は必死に身体をよじった。でも肩をがっちり押さえられているので、逃げるに逃げられなかった。

「やめてほしければ、生徒会に入れ」

「やだよ」

「じゃあ、もっとここを弄《いじ》るぞ」

「やあ……っ！」

二朗は涙目になりながら、かぶりを振った。

大きく動いたせいで、ようやく嗣仁の手が耳から離れる。なのに意地悪な男は、過敏になった耳に、ふうっと息を吹きかけてきた。

「あぁぁっ！」

叫んだとたん、二朗は変化した。

身体がぎゅっと縮まり、本性の兎に戻ってしまう。

けれども、そのお陰で嗣仁の手から完全に自由になったので、勢いよく逃げ出した。

パニックに陥った二朗は、本能的に身体を隠せる場所を目指す。会議用のテーブルの下をぴょんぴょん駆け抜けた。

しかし窓は閉められており、入り口のドアも兎の姿では開けられない。仕方なく、半開きになっていたドアをすり抜けて、隣室へと飛び込んだ。

長い耳をピンと立て、赤くなった目で必死に部屋を見渡す。

身を隠せるのはソファと壁との隙間だけだった。

二朗は夢中でその隙間に走り込んだ。

「おい、二朗、どこに隠れた？」

嗣仁がのんびりした声を出しながら、室内に入ってくる。

二朗は激しく胸を喘《あえ》がせながら、軀を丸くして縮こまっていた。

「やれやれ、こんなところに隠れたって無駄だぞ」

嗣仁の声が真上から聞こえる。

長い耳をぺたりと後ろに伏せていると、いきなり首筋をつかまれた。

「いや、んぅ」

兎になった時のサイズは、人間の時とは比べものにならない。だから首をつかまれた二朗は、簡単に持ち上げられてしまった。

「可愛いもんだな」

嗣仁はおかしげに言いながら、持ち上げた二朗の顔を覗き込んでくる。

情けなさで涙が出そうだった。

逃げ出したのはいいが、結果は最初からわかりきっていた。なのに深く考えるでもなく、本能のままに行動してしまったことを激しく後悔する。

「お、下ろしてくれよ」

首は純白のやわらかい被毛で覆われている。痛いわけではないけれど、片手でつかまれ、四肢をだらりとさせているのは惨めだった。

だが嗣仁は、床の代わりに、二朗をすとんと自分の胸に落とし込む。

制服の胸でぎゅっと抱かれて、二朗は長い耳と四本の肢をばたばたさせた。

「暴れるなよ」

「やだ。放せよ」

「却下。おまえの毛、やわらかくて気持ちいい。このまましばらくの間、抱っこさせろ」

嗣仁はあろうことか、背中にすりすりしてくる。

「何すんだよ……やだよ……」

自制できず、いきなり変化してしまったことも情けないが、こんなふうに愛玩《あいがん》されるのもプライドが傷つく。

自分は兎の本性を持っているけれど、本当の意味で兎ではない。どうして虎の嗣仁にすりすりされなくてはならないのか、本気で涙が出てきそうだった。

「ほんと、やわらかい毛だな。すげぇ、気持ちがいい」

嗣仁は勝手なことを言いながら、ソファに腰を下ろす。そして二朗を腿《もも》の上に置き、本格的に、背中を撫《な》で始めた。

「やっ……ん」

嗣仁の手は大きく、頭から耳、首筋から背中へと、滑っていく。

耳に触られると、ピクピク震えてしまい、それでまた嗣仁を調子づかせた。

「尻尾、まん丸」

言葉が終わらないうちにぎゅっとつかまれたのは、丸い尻尾だった。

力を加減して揉《も》まれると、ぷるぷる震えてしまう。

「お、お願い……もう、やめて……放して……っ」

二朗は目を真っ赤にして懇願した。

ここは高等部の校舎だ。だから、なんとかして兄が助けにきてくれないかと願う。

でも、そんな気配は微塵もなく、嗣仁の玩具《おもちゃ》になっているしかなかった。

「兎になったのはおまえだろ？　俺はおまえを虐めたつもりはないぞ。なのに、勝手に兎になって逃げ出したのはおまえだ」

「嘘だ。だって、あんたが俺の耳に息なんか吹きかけるから……」

「ふっ、としたぐらいで、いちいち逃げ出すとは、こっちのほうが傷つくぜ」

「嘘だ、傷ついてなんて、いないくせに」

むきになって言い返すと、嗣仁は肩をすくめる。

その拍子に手が離れ、二朗はすかさず嗣仁の腿の上から床へとジャンプして逃げ出した。

けれども元の部屋に戻ろうとして、問題があることに気づかされる。

先ほどは半開きだったドアが、きちんと閉まっていたのだ。押したぐらいでドアは開かない。二朗はこの部屋に閉じ込められたも同然だった。

でも、なんとしても逃げなくてはと、高い位置にある水平のレバーを見上げる。

飛びついたら届くだろうか。ジャンプしてレバーを押し下げれば、あとは勢いでドアを開けられる。

二朗は、嗣仁に邪魔されないうちにと、ぴょんと高く飛び上がった。

だが、前肢を必死に伸ばしても、なかなかレバーには届かない。二朗は懸命にジャンプをくり返した。しかし、なんとかレバーに前肢が触れても、うまく押し下げるまではいかない。

他に有効な手段もなく、もう変化を解くしかなかった。人間に戻れば、何もこんな苦労をする必要はないのだ。

二朗はゆっくり後ろを振り返った。

嗣仁はソファにゆったり腰かけて、面白そうにこちらを眺めていた。

もしここで変化を解いたとすれば、嗣仁に裸を見られてしまう。そうなれば、またどんな嫌味を言われるか……。

「ドア、開けてよ」

「いやだね」

「お願いだよ」

「おまえが勝手にこの部屋に入ったんだろ。今も勝手に出ていこうというのだ。人のことを当てにするな」

冷たい言葉に、二朗は赤い目を潤ませた。

こうなれば、嗣仁の前で裸をさらすしかない。兎に変化した時、脱げた服は隣の部屋だ。

生徒会の役員がまだいるはずだが、助けを求めても無駄な気がする。

進退窮まった二朗だが、そのうち沸々と怒りが湧《わ》いてきた。

自分は何も悪いことをしていない。悪いのは、自分を玩具にしようという嗣仁だ。

とにかく、この部屋からはもう退散したかった。

裸を見られたとしても、ほんの一瞬だ。

それで笑うなら、勝手にすればいい。もう、あんなひどい男に振り回されたくない。

「あんたなんか、大嫌いだ！」

二朗は腹立ち紛れに大声で言い放った。そして一気に変化を解いた。

純白の兎の姿が靄になり、ふわりと巨大化していく。そして、靄の中から本来の人間の姿が現れた。

二朗は裸体をさらしたと同時に、ドアのレバーに手をかけた。

人間の手ならば、こんなにも簡単にドアが開けられる。

飛び込んだ隣の部屋には、六人ほどの役員が詰めていた。

突如現れた裸の二朗に、皆があっけにとられたような顔になる。

二朗は真っ直《ま》ぐ《す》に制服が落ちている床に駆け寄った。

羞恥《しゅうち》でかっと耳まで赤くなったが、他の人間にはいっさいかまわず、制服を取り上げる。

そして二朗はつかんだ服を部屋の隅まで持っていって急いで身につけた。

グレーの上着とリボンタイは手につかんだまま、一目散に生徒会室から逃げ出す。

もう二度と、生徒会室には近づかない。

そう強く決心しながら――。

†

「な、嗣仁のやつ、ひどいだろ、兄ちゃん」

家に戻り、夕食を終えてから、二朗は兄の一朗をつかまえて、必死に放課後の出来事を訴えた。

高等部の三年になる一朗は、放課後図書室で自習していることが多い。ほんとは生徒会室から真っ直ぐ図書室まで訴えに行きたかったが、静かな場所でうるさくするのはさすがに悪いと思って、今まで我慢していたのだ。

それなのにデスクに肘《ひじ》を預けた一朗は、気乗りのしない様子で黙って聞いているだけだ。

兄のベッドに腰かけた二朗は、嗣仁の端整な顔を思い出しただけで、また沸々と怒りが湧いてくるのに。

「だけどさ、生徒会に入りたくない理由、おまえちゃんと説明したか？」

「ええー、そんなの、理由なんて、あいつが嫌いだからに決まってるだろ」

二朗は思わず頬を膨らませた。

しかし一朗は首を傾げてため息をつく。

「九条の嗣仁君、確かに型破りだけど、おまえが言うほどひどいことはしてないんじゃないか？」

「ええっ、なんだよ、それ？」

思うような援護を受けられず、二朗は兄に食ってかかった。

「だって、クラスメイトとも、ふざけ合ったりはするだろ？　兎に変化したおまえを抱っこしたり、撫でたりしたのだって、兎を可愛いと思ったからだろ」

「俺はぬいぐるみじゃない！　あんなの、セクハラだよ」

そう訴えると、一朗はくすくす笑い出す。

「なんだよ、兄ちゃん。笑うなんてひどいだろ」

「ごめん。いや、だってぼくだって、兎のおまえは可愛いから、ぎゅっと抱っこしたいよ。それをセクハラと言われたら、嗣仁君も立つ瀬がないなと思って」

「兄ちゃん、全然わかってないよ。とにかく、あいつ、ひどいんだから」

口を尖《とが》らせて言うと、一朗はふいに真顔になる。

「それなら、明日もう一度、ちゃんと断りに行ってこいよ」

「ええっ、なんで？」

「こそこそ逃げ回ったりせずに、きちんとした理由を言って、断るんだ。そうすれば、嗣仁君も認めてくれるはず。こういうことはちゃんと手順を踏まないと」

一緒に怒ってくれるかと思ったのに、逆に説教されているような気分だ。

面白くなかったが、二朗だって、一朗が言っていることのほうが正論だとはわかっている。

「ちぇ、兄ちゃんは意地悪だ」

二朗はぼそりと口にした。

それでも優しい兄は、二朗がいやいやながらも、もう一度生徒会室へ行く気になったことを、わかってくれている。

「クラスはどう？　友だちいっぱいできた？」

「うん、まあまあ。兄ちゃんは？　カノジョできた？」

すかさず問い返すと、一朗は呆れたように微笑む。

「学校へはカノジョを作りに行ってるわけじゃない。それに三年生はみんな、けっこう真面目に勉強してるぞ」

「だって大学は推薦なんだろ？」

「ああ、ほとんどの三年生は、九条家が理事をしている大学に推薦で入学することになる。でもな、それをいいことに勉強をサボってると、役立たず認定をされてしまうだろ。我々天杜村出身の一族は、多かれ少なかれ九条家の世話になるんだ。だからこそ、九条家の期待に応えようと、みんな必死なんだよ」

兄の言葉に二朗は胸の内でため息をついた。

天杜村の出身者だけではなく、天杜学園に通う者は、皆が九条家の恩恵を受けている。

特殊な一族ゆえに、人間社会でうまくやっていくために、一族同士で助け合っていく必要があった。その筆頭で、皆の指針となっているのが九条家だ。

あいつも、九条家の人間なんだよな……。

あんなふうにいい加減で、傲慢な虎でも、いざとなれば一族のために尽くしてくれるのだろうか？

ふいに思い浮かんだきれいな顔に、二朗は図らずもドキリとなった。

だが、二朗はそれを消し去るように、強くかぶりを振った。

ないない！

あんなやつが、俺らのために何かしてくれるなんて、絶対にない！

3

私立天杜学園は広大な敷地を要し、まわりはすべて高い塀で囲まれていた。銀杏《いちょう》や桜、欅《けやき》などの樹木も多く植えられており、外からでは様子を窺《うかが》うことができなくなっている。出入り口は正門と裏門の二箇所のみ。二十四時間体制で警備員が詰めており、許可のない者は絶対に中へ入れないようになっていた。もちろん学内の警備システムも軍事施設なみに整っている。

これだけ警備を厳重にしているのは、生徒の安全だけではなく、秘密を守るためだった。何かの拍子に生徒が人間から獣の姿へと変化する。

その現場を、もしも一般人が目撃したらどうなるか。世の中すべてがパニックになりかねない。ゆえに、天杜学園は外部からの訪問者も固く断っていた。

そしてこの厳重な警備体制のお陰で、学内では生徒がのんびりと過ごせるのだ。

正門から真っ直ぐ前庭を突っ切った場所に、列柱を配した威風堂々とした正面玄関がある。この玄関部分を扇の要とし、校舎は二方向に真っ直ぐ伸びていた。全体がバロック様式といった雰囲気で、本物の大理石を使った廊下など、内装も非常に凝った造りになっている。

斜めに伸びた校舎は左翼が高等部、右翼が中等部で、間に挟まれた英国風の庭園には、美しい花々が咲き誇っていた。その庭園の中に、生徒が使うカフェテリアが建てられ、裏手にグラウンドが広がっている。敷地内には体育館や図書館、音楽堂、科学棟、部活用のクラブ棟など、独立した建物も全体の調和を乱さないように配置されていた。

昼休みになると、カフェテリアは高等部、中等部の生徒でかなりの賑《にぎ》わいを見せる。弁当を持参し、教室や庭で食べる生徒もいるが、メニューが豊富で料金は格安、そして味もいいと三拍子揃《そろ》ったカフェテリアの人気は高かった。

二朗は広々したフロアの入り口で、兄を待っていた。

一朗はクラスメイトらしい男子生徒ふたりと一緒に、庭園内に敷かれた石畳の道をゆっくり歩いてくる。雨の日用に地下道も整備されているが、今日は雲ひとつない上天気だ。

「兄ちゃん！」

手を大きく振ると、一朗はすぐに気づいて破顔した。

毎日一緒にいるのに、兄が近づいてきただけで、気持ちがほっこりとなる。霊珠は家に置いてあるのに、兄から直接《気》が流れ込んでくるようで、活力がアップするのだ。

「兄ちゃん、今日は何にする？　ここのカフェ、美味《おい》しいものばっかかで悩むよな」

二朗が何気なく言うと、クラスメイトと別れた一朗は困ったように首を振る。

「二朗、声が大きい。みんながこっち見てるだろ」

「え？」

二朗ははっとなってまわりに目をやった。すると近くにいた生徒たちが、くすくすといっせいに笑い出す。

「俺、別におかしなこと言った覚えないぞ。なんでそんなに笑うんだよ?」

同じクラスの女子生徒が目について、二朗は思わず文句を言った。

「だって、牧原君。兄ちゃん、兄ちゃんって、子供みたいなんだもの」

「兄ちゃんは兄ちゃんだろ。他に呼びようがないぞ?」

しつこく問い質《ただ》そうとすると、横からすかさず腕を引かれる。

「いいから列に並ぶぞ、二朗。うちの弟がすみません」

優等生気質の兄は、女子生徒ににっこりと笑みを向けながら謝った。

「いいえ、こちらこそ、笑ったりしてごめんなさい。牧原君、ほんとにいいお兄さんだね」

「ああ、かっこいいだろ?」

つい自慢げに言うと、また一朗に腕を引っ張られる。

「いい加減にしろ」

兄弟のやり取りは、またまわりの笑いを誘った。

しかしビュッフェの列に並ぶと、二朗の関心はすぐに美味《うま》そうなご馳走《ちそう》の載った皿に向く。

豊富な種類の前菜やサラダ、付け合わせの野菜類などをプレートにどんどん載せていき、メインディッシュはカウンターの向こうに声をかけて、大皿に盛りつけてもらう。

二朗が選んだのは定番のハンバーグだが、ドミグラスソースの味が最高で、今のところ一番のお気に入りメニューだ。

中には本格的なフレンチやイタリアン、それに中華料理のメニューもあって、子羊肉やら鴨肉《かもにく》の料理も交じっている。本性が羊や鴨の者は、それこそ「うへぇ」と唸るが、そこは暗黙の了解というやつで、横で同類を美味そうに食べている者がいても、干渉しないというルールが出来上がっていた。

兎肉のシチューがメニューに出てきた時は、さすがの二朗も顔が青くなってカフェから逃げ出したけれど、それをからかうような者はこの学園にはいない。

テラスのガラス戸は開放されており、二朗は兄とともに、ちょうど境目にある席についた。

「兄ちゃん、このハンバーグ、やっぱり最高だね」

「だから、兄ちゃん、兄ちゃんを連発しない。ほんとに子供っぽいぞ。ぼくのことは兄貴、とでも呼べばいいんだから」

「ええー、兄貴？　なんか変だ、その呼び方。兄ちゃんじゃないみたいだ」

「馬鹿だな。もうおまえだって中三なんだ。少しは自覚しろよ」

他愛ないやり取りはいつものことだ。

二朗にとって一朗は、絶対の信頼を置く人間であり、全面的に甘えられる相手でもある。まわりの生徒たちも、兄弟のことは温かく見守っているといった感じだった。

しかし、しばらくしてふたりの席に近づいてきた者たちは、少し雰囲気が違っていた。

「やあ、牧原。そっちは弟君か?」

「ここ、空いてるんなら座らしてもらうぞ」

そう声をかけ、遠慮もなく席に割り込んできたのは、一朗と同じ高等部の三年生だった。本性がイタチの三人連れだ。

「この椅子貸して? 足りないんだ」

一朗が許可を出す前に、隣のテーブルに声をかけ、足りない分の椅子まで調達している。

「……兄ちゃん?」

一朗が僅《わず》かに眉をひそめたのを見て、二朗は不審を覚えた。

兄は常に穏やかな性格で、人当たりもいい。それなのに、この同級生たちのことはあまり好きではないように見える。

「なあ、牧原。弟君は可愛い兎ちゃんだったんだな。俺たちに紹介してくれよ」

「弟君は牧原とあまり似てないんだな」

最初に兄の右隣に陣取ったのは、一番体格のいい上級生で、髪を脱色し、小さくて丸い目をしていた。左隣には長身で痩《や》せた男が座った。スポーツ選手のように短い髪で、手足がやけに長い。

「でも、さすが牧原の弟君だ。可愛い〜」

最後に座り込んだ小柄な上級生は、気楽な調子で言いながら、二朗の頭に触れてきた。

「ちょっ、やめろよ！」

二朗はとっさに上級生の手を振り払った。

「弟には触らないでくれ！」

一朗もはっとしたように腰を浮かせる。

「まあ、まあ、そんなに怒るなよ。親愛の情を示しただけじゃないか」

小柄な上級生は、ぱっと両手を広げて見せる。でも口で言うほど、こちらを気にしているとは思えなかった。

こいつらとは一緒にいたくないな。

二朗はそんな思いに駆られて、兄に視線を向けた。

「兄ちゃん、もう行こうよ」

「そうだな、二朗」

二朗の言葉に一朗はしっかりと頷き、それから三人の同級生を見回して断りを入れる。

「悪いけど、ぼくたちはもう食べ終わったから失礼するよ」

二朗は兄の言葉を聞いて、すかさず席を立った。

だが、両隣からすぐに手が伸びて、肩を押さえられる。

「まあ、いいじゃないか。そんなに急ぐなよ」

「俺たちは、おまえのお兄さんと同じクラスなんだ。これからも天杜学園でずっと一緒にやっていくんだから、仲よくしようぜ」

スポーツ刈りの上級生と、小柄な上級生が口々に言う。

二朗は無理やり座らされ、助けを求めるように兄に視線を送った。

しかし一朗のほうも、席を立つのを阻止するように、両肩を押さえられている。

これでは脅しと同じじゃないか。

二朗は憤慨したが、彼らは肩を押さえる以上のことはしていない。だから大声を出して誰かに助けを求めることもできなかった。

けれども、そんな時、ふいにカフェの中がざわついた。

「九条様だ」

「嗣仁様だ、カフェには滅多にお越しにならないのに」

「嗣仁様がいらっしゃるなんて、ほんとに珍しい」

「今日、カフェテリアに来てラッキーだったわ。こんな間近で嗣仁様にお会いできるなんて」

カフェの中は、長身の九条嗣仁が姿を現しただけで騒然となった。

その嗣仁は、まわりの騒ぎにはいっさい関知せず、何故か真っ直ぐに二朗のテーブルへと歩いてくる。相変わらず髪を明るめに整え、ネクタイをゆるめたラフなスタイルだ。

「げっ、出た……」

二朗は思わず失礼な呟きを放った。

兄の同級生たちにいやな思いをさせられているのに、そこに嗣仁まで加わるなんて最悪だ。

だが、近くまで来た嗣仁は悠然とした笑みを浮かべ、テーブルにいる者たちを順に見回した。

「失礼、先輩方。せっかくのランチタイムを邪魔して申し訳ないですが、牧原二朗君とお兄さんに、ちょっと話があるのですが」

先輩の顔は一応立てておく。でも、本音は明らかに違う。

――さっさとここから立ち去れ。

丁寧な物言いとは裏腹に、嗣仁の視線は氷のように冷ややかで、上級生たちを怯《ひる》ませる。

虎とイタチでは最初から勝負にならない。嗣仁が発した無言の脅しに、上級生たちはそそくさと席を立った。

「九条……」

「いや、君が用事があると言うなら、俺らはこれで……」

「それじゃ、失礼するよ」

上級生たちはばつが悪そうに言いながら、いっせいに離れていく。

二朗はほっと息をついた。

こっそり兄の様子を窺うと、一朗も深く息を吐き出している。

しかし一難去ってまた一難。安堵《あんど》していた二朗は、次の瞬間、またぎくりとさせられた。

「牧原先輩、弟さんをお借りしてもよろしいですか？」

先ほど上級生を脅したのと同じで、言い方はソフトだったが、嗣仁はそのあといきなり二朗の腕をつかんでくる。

「ちょ、何するんだよ？　放せよ」

二朗は即座に抗議した。

でも嗣仁の力には敵わず、無理やり腕を引かれ立ち上がらされてしまう。

これではさっきの上級生たちより、さらに始末が悪い。

二朗は助けを求めるように一朗を見つめた。

「弟さんには生徒会を手伝ってくれるよう頼んでいるところです」

「あ、ああ、話は聞いている」

あくまで後輩としての節度を守っている嗣仁に、一朗は困惑気味に答える。

「では、お借りしても問題ないですね？」

「そうだね、弟さえよければ……」

ふたりの間でのみ話が進み、二朗は焦りを覚えた。

「ちょっと兄ちゃん、何言ってるんだよ？　俺、こんなやつと一緒に行くの、やだから！」

叫んだとたん、二朗はまわり中から白い目で見られた。

学園のカリスマをつかまえて、あろうことか大きな声でこんなやつ呼ばわりしたのだから、それも当然だった。

頼みの兄でさえ、顔をしかめる。

「二朗、言い過ぎだ。ちゃんと謝りなさい」

「でも、兄ちゃん……」

「昨日も言ったはずだ。生徒会入りを断るなら、その理由をきちんと九条君に話すんだ」

普段は盛大に甘やかしてくれる一朗だが、こういうものの言い方をするときは、絶対に引いてくれない。

唯一の味方の兄に、突き放された二朗は、仕方なく嗣仁に従うことになった。

カフェテリアにいる生徒の視線が集中するなか、嗣仁はしっかり二朗の腕を取って進んでいく。

「嗣仁様と一緒に歩いてる、あれは誰だ？」

「ああ、中等部三年の牧原だよ」

「嗣仁様はわざわざあの子を迎えにいらしたの？　あの子、いったい何者？　嗣仁様の取り巻きじゃないよね？」

「今まで見たことない顔だよ。でも、嗣仁様が中三の子を気に入って、生徒会に入れられたって噂は聞いた」

カフェテリアのテーブルを抜けていく間、あちこちでそんな声が聞こえる。

二朗は嗣仁にしっかりと腕を組まれていることが、急に恥ずかしくなってきた。

「もう逃げないから離してくれよ」

「駄目だ。おまえは信用できない」

すげなく答えた嗣仁は、腕を離してくれないばかりか、これ見よがしに肩まで抱き寄せてくる始末だ。

それを目撃したまわりの女子から、いっせいにため息交じりの声が上がった。

「わあ……」

「すごい」

「やっぱり、あの子、嗣仁様のお気に入りなんだ」

「きれいな顔ってわけでもないし、見かけは普通なのにね。あの子の本性、何？」

「兎だろ」

二朗に寄せられた関心は、半端なものではなかった。嗣仁は学園のカリスマで、その隣にいるというだけで皆の興味を引いてしまう。

これでは生徒会入りを断った時、何を言われるかわからない。

「なあ、なんで俺なんかをかまうんだよ？」

「さあな。ま、強いて言えば、暇だからか」

嗣仁の口からは相変わらずの答えが返ってくるだけだ。

二朗は盛大にため息をついた。

腕を取られて連れて行かれたのは、生徒会室ではなく庭園の一画だった。幾何学的に花壇が配置されているが、その中央部には広々とした芝生だけのスペースがある。

「そこに座れ」

「えっ、何？　なんでこんなとこで」

芝生の上に直に座るように指さされ、二朗はめんくらった。でも逃げ出す隙などまったくなくて、結局は命令に従ってしまうことになる。

「気持ちのいい日だな」

嗣仁の口からそんな台詞《せりふ》が出るとは信じられない。

仕方なしに芝生の上で足を投げ出した二朗は、ぽかんとした顔を向けた。

嗣仁はにやりと笑いながら、二朗の隣に腰を下ろす。

「制服が汚れたら、かっこ悪いぞ。あんた、学園のカリスマなのに、いいのか？」

二朗は呆れていることを隠さず、憎まれ口を叩いた。

「汚れたら、着替えればいいだけだろ」

「着替え、って何？　もしかして生徒会室を私物化して、着替えまで用意してるのか？」

「細かいことは気にするな。それより二朗、膝《ひざ》を貸せ」

「えっ！」

二朗は思わず頓狂な声を上げた。

あろうことか嗣仁は、そのまま二朗の腿に頭を乗せてきたのだ。

これって膝枕ってやつ？

そう認識したとたん、二朗はかっと羞恥に駆られて頬を染めた。

「な、な、何すんだよ？」

とっさに足を引こうとしたが、すでに嗣仁の頭が乗っている。

「動くな。しばらくじっとしてろ。気持ちがいいから、少し寝る」

「そんな勝手な……」

二朗は情けない声を上げた。

校舎のどこからでも見下ろせる庭園のど真ん中だ。

はっと気づくと、全校生徒の視線が集中していた。カフェテリアを出る時から注目されていたのだから、それも当たり前の話だ。

今、自分の膝に頭を乗せ、気持ちよさそうに目を閉じているのは学園のカリスマ。全校生徒がその動向を気にして、視線を向けずにはいられない男だった。

九条様はどうして、あの中等部の子をかまわれるのだろう？

あの子は弱々しい兎というだけなのに、何故、気に入られたのだろう？

今頃は学園中でそんな噂きが飛び交っているに違いない。

一刻も早く、こんな状況からは逃げ出したかった。でも、二朗は身動きさえできず、嗣仁に膝を貸しているしかなかった。

嗣仁に邪険な態度を取れば、それこそ何を言われるかわからない。

そして二朗をこんな状況に追い込んだ男は、本気で睡魔に身を任せているように見える。

「なんでだよ？　……なんで、俺にこんなこと……」

小さく呟きながら、二朗は視線を落とした。

嗣仁は顔を上に向け、目を閉じている。

彫りが深くシャープに整った顔だった。睫《まつげ》が驚くほど長く、唇のラインもきれいだ。

二朗はいつの間にか、そんな嗣仁に見惚れていた。じっと眺めているだけで、何故か心臓がドキドキしてくる。

二朗は慌てて首を左右に振った。

女の子じゃあるまいし、男の嗣仁に見惚れてどうする？

自分自身にそう突っ込みを入れ、二朗は内心で再びため息をついた。

ぽかぽかと、午後の陽射しが心地いい。あたりには甘い花の香りも漂っている。

そのうちに、校舎の窓からの視線も気にならなくなってきた。

そして二朗は、午後の授業開始を知らせるチャイムが鳴るまで、嗣仁の頭を膝に乗せたままで、過ごしたのだった。

†

放課後。兄の一朗と肩を並べて家路を辿りながら、二朗は盛大に文句を言った。

「兄ちゃん、昼間のあれ、ひどいと思わないか？　嗣仁のやつ、俺の膝枕で寝ちゃったんだぞ？　信じられる？」

二朗は興奮気味に話すが、一朗の乗りは今ひとつといったところだ。

「二朗、仮にも九条君はおまえから見て先輩なんだから、呼び捨ては駄目だろう」

「あんなの、呼び捨てでいいだろ？　話あるとか言ってたくせに、芝生で居眠りとか、ないって。それに、あそこの芝生、校舎から丸見えなんだぞ？　なのに、あんな恥ずかしい真似するとか、信じられないだろう」

まくしたてた二朗に、一朗はふと歩みを止めた。

「二朗」

「何？」

「九条君は牽制《けんせい》してくれたんじゃないかと思う」

不思議なことを言い出した一朗に、二朗は首を傾げた。

「なんの話？」

「九条君はまだ一年だけど、出自からいっても、本性の力からいっても、天杜学園ではトップに君臨している。その彼が、おまえを気に入っていると全校に示したんだ」

「だから、よけいなことしてくれてって、文句言ってるんだろ」

二朗はそう力説したが、一朗はゆっくり首を振る。

「おまえの気持ちもわからないではないけど、九条君はきっとぼくにも気を遣ってくれたのだと思う」

「膝枕が、なんで兄ちゃんに気を遣うことになるんだよ？　兄ちゃんが何を言いたいのか、俺にはさっぱりわかんないよ」

二朗は口を尖らせた。

すると一朗は大きくため息をつく。

「ま、おまえにはまだわからない話だったな。でも、とにかく、ぼくは九条君に感謝してる。それだけだ」

「ええー、なんだよ？　兄ちゃん、俺を裏切るの？」

「おいおい、裏切るってなんだよ。九条君にかまわれるのがほんとにいやなら、自分でそう言えばいいだけだろ？　生徒会に入るのはいやだって、ちゃんと断ったのか？」

「う、……言ってない。そんな暇なかった」

二朗は小さな声で答えた。

一朗はそんな弟を宥めるように、そっと肩を叩いてくる。

「いやなら、自分で断ること。それでおまえのほうの問題は解決する。単純な話だろ?」

優等生に戻った一朗に諭され、二朗は仕方なく黙り込んだ。

普段は目一杯甘やかしてくれるけれど、正論を振りかざす兄には何を言っても無駄だということは、さすがの二朗も骨身に染みている。

「ちぇっ」

二朗は舌打ちしたが、それ以上兄を困らせるようなことは言い出せなかった。

†

二朗の学園生活は、このの ちも九条嗣仁と深い関わりを持ったままで続いていくこととなった。

断りきれずに生徒会のメンバーとなり、放課後は毎日生徒会室へ行く。

しかし、二朗に与えられる仕事はないに等しく、奥の会長用の部屋でほとんどの時間を過ごすことになったのだ。

まわりの者は口を揃えて、嗣仁様は牧原二朗を可愛がっておられると言う。

嗣仁自身も、決して何かを無理強いするといったことはなかった。それでも、二朗は嗣仁の玩具にされていると感じることが多かった。

だが、それも月日が経つうちに、徐々に慣れっこととなっていく。

そうして二朗は、命名者の兄よりも、ずっと多くの時間を嗣仁と過ごすようになっていた。

4

天杜学園に編入して一年が経ち、二朗は高等部の初年度を迎えていた。

高等部になったと言っても、クラスの顔ぶれはほとんど変わらない。

二朗にとって一番の変化は、兄が卒業してしまったことだ。

一朗は天杜学園の卒業生が多く通っている大学に入学し、兄弟で過ごす時間が短くなった。

それでも二朗が寂しさを感じずにすんでいたのは、放課後生徒会室に行くことが日課となっていたせいかもしれない。

「二朗君、これから生徒会?」

「うん」

「そっか。じゃあ、嗣仁様にいっぱい可愛がってもらってきてね」

「ついでにさ、たまには私たちの教室にも顔を出してくださるよう、嗣仁様にお願いしといてね」

放課後、教室を出て行く時、女子生徒数人にからかわれ、二朗は顔をしかめた。

「おまえら、言いたい放題だな。まったく」

口ではそう文句を言うが、こんなことも慣れっこになっている。

二朗は通学鞄《かばん》を持ち、生徒会室へと向かった。

高等部の校舎は、正面玄関に向かって左翼になる。一年の教室は一階、生徒会室は眺めのいい三階にあった。

二朗は近くの階段を元気よく駆け上った。

他の生徒に比べると、相変わらず小柄だが、この一年で身長もずいぶん伸びた。しかし、男らしさのほうは残念なことに、今ひとつ伸び悩んでいる。色白でふんわりした髪、それにくりんとした目など、どれも男らしい要素にはならない。

「おはようございます」

二朗は明るく挨拶しながら、生徒会室へ駆け込んだ。

「こんにちは」は間が抜けている感じがするとのことで、生徒会室での挨拶は「おはよう」が基本だ。最初は業界用語のようで抵抗があったけれど、それも慣れてきた。

「あ、牧原か」

生徒会のメンバーは去年から不動で、三年生はひとりもおらず、嗣仁と同じ高等部の二年生が中心だった。そのうち一年生や中等部からも誰かスカウトするかという話は持ち上がっていたが、今のところ積極的な動きはない。

「あの、九条……会長は？」

「ああ、奥に来ておられる」

出迎えたのは嗣仁に従順に従う猪の先輩だ。

「それじゃ、俺、行きます」

二朗は頬を染めながら、奥のドアに向かった。

真っ直ぐ嗣仁に会いにいくのは、いつもの決まりだ。しかし、この日は何故か後ろから呼び止められた。

「あ、待て、牧原。今はまずい」

「え？」

声をかけられた時、二朗はすでにドアを開け放っていた。

奥の部屋は贅沢《ぜいたく》な嗣仁専用スペース。

だが、視界に入ってきた光景に、二朗は息をのんだ。

ソファにゆったり腰を下ろしているのは、このところさらに身長が伸び、男らしさがアップした嗣仁だった。モデルのバイトを始めたとかで、外見が以前より派手になっている。

長めにカットされた髪は金髪に近く、他者を圧する美貌も迫力を増していた。今の嗣仁は制服さえ着ておらず、私服のカットソーと黒のジーンズという格好だ。首と耳、手首にもシルバーアクセをつけ、ファッション誌からそのまま抜け出してきたかのようだった。

でも二朗が驚いたのは、嗣仁に見惚れたせいではなかった。嗣仁の隣に腰を下ろし、逞しい胸にしなだれかかっている男子生徒の姿が目に入ったからだ。

そのうえふたりは明らかにキスしていた様子で、こちらのほうがドキドキしてしまう。

「なんだ、二朗か」

二朗に気づいた嗣仁は、なんでもないように声をかけてきた。

「あ、……え、っと……」

二朗は答えるどころではなく、そわそわと視線を彷徨《さまよ》わせた。

嗣仁に身を投げかけていた男子生徒はゆっくり姿勢を戻し、こちらへと顔を向ける。

そして二朗は再び息をのんだ。

黒髪の男子生徒は、恐ろしくきれいに整った顔立ちだった。天杜学園高等部の制服を着ているが、知らない顔だ。ちらりと目にした校章の台座は、二朗と同じ一年生のものだった。

「そこで突っ立ってないで、おまえもこっちに来いよ」

「で、でも……」

二朗は柄にもなく、どぎまぎしてしまった。

それに嗣仁の手が、その男子生徒を抱き寄せるように肩に置かれているのも、気になって仕方ない。

男同士であるにもかかわらず、美貌のふたりが並んでいると非常にあやしく感じてしまう。

いや、あやしいというか、ふたりは男同士でキスしていたのだから……。

どうしていいかわからず、二朗はパニックを起こしそうだった。

「さあ、こっちへ来い。こいつは転入生の雪代雅《ゆきしろみやび》。おまえと同じ学年だ」

二朗はぎこちなくふたりが座っているソファに近づいた。

転入生の雪代は、二朗に敬意を払ってか、優雅に立ち上がる。

でも二朗はふいに襲ってきた恐怖で身をすくめた。

美貌の転入生の本性は豹《ひょう》だ。互いの本性が何かは、すぐに感知できる。兎の二朗は豹に捕食される側。一瞬にして、上下の関係が位置づけられてしまったのだ。

「こちらが噂の？」

「ああ、そうだ」

萎縮した二朗の前で、美貌の転入生は余裕の笑みを浮かべた。

「ぼくは雪代雅。両親の仕事の都合でフランスから転校してきました。どうぞ、雅と呼んでください」

丁寧に挨拶され、二朗はぎこちなく頭を下げた。

見知らぬ敵への恐怖が拭えず、まともに声が出なかった。

「おまえ、何緊張してるんだ？」

嗣仁が呆れたように言うが、二朗はふるふると首を左右に振っただけだ。

雪代と名乗った転校生は二朗を値踏みするように眺め、そのあとくすりと忍び笑いを漏らす。

兎など取るに足りない存在だと、馬鹿にするような笑いだ。

二朗はきゅっと唇を噛みしめた。

そんななかで、雅はふっと息をついて嗣仁に向き直る。

「嗣仁、ぼくはそろそろ引き揚げます。明日から正式に天杜学園の生徒になりますから、また改めて」

「ああ、わかった」

答える嗣仁に、蕩《とろ》けるような笑みを向け、雪代雅は優雅に歩き出した。

もう二朗には挨拶さえしない。

背後でドアがバタンと閉じる音がして、二朗はようやく大きく息を吐き出した。

「おまえ、何をそんなに緊張してるんだ？」

嗣仁がのんびりした声をかけてきて、二朗は今さらながらかっとなった。

「何をって、あいつ、俺を食いそうな目で見てた」

二朗は閉じたドアを指さし、ここぞとばかりに訴えた。

すると、嗣仁は両腕を広げ、くすっと笑う。

「仕方ないだろ。あれは外来種の豹だ。日本にも美味そうな兎がいるとでも思ったんだろ」

「なんだよ、それ。お、俺のこと、馬鹿にしてるのか？」

「馬鹿になんかしてないぞ？　日頃から言ってるだろ。おまえは可愛いって」

いやな予感に襲われ、二朗はとっさに振り返った。

後ろに大きく飛んで逃げようと思ったのに、一瞬早く嗣仁に腕を取られてしまう。

「どうして逃げる？」

背中から二朗を抱きすくめた嗣仁は、敏感な耳にわざと熱い息を吹きかけるように囁いた。

二朗の弱点は耳だ。それをよく知っている嗣仁の、スペシャルな意地悪だった。

「やっ、めろよ……耳に息かけんな」

二朗は、嗣仁から逃れようと、もぞもぞ動きながら抗議した。

「なんでだ？　可愛がってやってるだけだろ？」

囁きのあと、耳朶《じだ》にそっと舌を這《は》わされる。

「やっ……！」

二朗はひときわ大きく身体を震わせた。

耳に息を吹き込まれたあげく、耳朶をぺろりと舐められたのだ。

「おお、耳、ピクピクしてきたぞ……どれ、もう一回舐めてみるか」

「い、やっ」

不穏な言葉に、二朗はさらに大きく身をよじった。

けれども嗣仁の腕は少しもゆるまない。

「大人しく、耳、舐めさせろ」

「やめろよ。耳舐めたいなら、さっきの転校生の耳を舐めればいいじゃないか」

二朗は苦し紛れにそう訴えた。

「さっきの転校生って雅のことか？　おまえ、ひょっとして雅に嫉妬《しっと》してるのか？」

「嫉妬？　何それ？」

「やけに気にしてたようだからな」

「だって、あ、あいつとキスしてただろ？　お、男同士なのに……っ」

二朗は顔を真っ赤にして吐き出した。

嗣仁はほんの少し腕の力をゆるめ、端整な顔をしかめる。

「つまらないことを言うな」

「だって、あいつとキス……あぁっ」

言いかけた二朗は、ふいにまた強い力で抱きしめられた。

「キスしてたら、どうだと言うんだ？　おまえもしてほしかったのか？」

「ま、まさか！　そんなわけない！」

「なんだ、違うのか？　兎はえろいって言うからな。おまえもキスしてほしかったのかと思ったぞ」

嗣仁は馬鹿にしたような声を出す。

二朗は相変わらず、背中から両腕ごと抱きすくめられている。相手は虎。しかも年上で、自分よりふたまわり以上は体格がいい。二朗には逃げようがなかった。

だけど、負けっ放しでいるのはいやだ。

「お、俺はあんたとキスする趣味なんかない。耳を舐められたくもない。これ以上やるなら、セクハラされたって訴えてやる！」

「ほお、ずいぶん反抗的だな。いつも可愛がってやってるのに、俺に逆らうとは許しがたい所業だ。これはお仕置き決定だな」

「えっ」

ふざけたような言い方は変わらない。それでも恐怖を感じて二朗は身を固くした。

つかまったままで兎に変化しても無駄だ。

嗣仁は二朗を抱きかかえ、ソファにどかりと座り直した。

「さて、それなら、おまえの耳がどれだけ敏感か、チェックしてやろう」

「な、何？　やめろよ……、ひあっ！」

再び耳をぺろりと舐められ、二朗は思いきり高い声を上げた。

嗣仁の腕の中に閉じ込められた二朗は逃げ出すこともできず、好き放題に耳を舐められてしまう。

「相変わらず面白いな、おまえの耳。兎になってないのに、ひくひくしてる」

そう言いながら、嗣仁は形をなぞるように二朗の耳を舐める。

「やあ、あっ！」

時折、舌の先が中まで入り込み、そのたびに二朗は全身を震わせた。そのうえ嗣仁は、やわらかな耳朶を甘噛みしてくる。

鋭い牙を立てられるかのような恐怖と、甘く宥めるような動きの板挟みで、二朗は堪えようもなく涙を滲ませた。

「やっ……あ、ん」

何故か身体がかっと熱くなり、変な声まで出てしまう。

嗣仁は散々耳を弄り回し、そのあと涙で濡れた頬まで舐めてきた。

「これぐらい、泣くほどのことか？」

「いやだ……もう、放せよ」

情けないけれど、二朗は本気で懇願した。

耳を舐められるのは初めてじゃない。なのに、何故か身体中が熱くなっていた。

「これはお仕置きだ」

それなのに、嗣仁は意地悪く言って、再び二朗の耳朶を甘噛みしてくる。

「やっ、あぁぁ……っ」

ずきりと、身体の奥深い部分でひときわ強い刺激を感じる。

二朗はぶるりと身体を震わせた。下肢に熱いうねりを感じ、じっとしていられない。

「どうした？　耳を真っ赤にして？　耳を囓《かじ》られて感じたのか？」

「う、嘘だ……っ！」

二朗は懸命に首を振って否定した。

まさか、身体が熱くなってしまったのを見抜かれた？

そんなことがばれたら、それこそ何を言われるかわからない。

「いやだ――っ！」

二朗はひときわ激しく身をよじった。

「馬鹿、暴れるな！」

何をしても虎には敵わない。

逃げ出すことさえできない弱い自分が心底情けなく、二朗はぽろぽろ涙をこぼしてしまう。

「ちっ、まだ駄目か」

舌打ちとともに、ようやく嗣仁の腕がゆるむ。

「うう……ひ、っく……」

二朗は心底ほっとしたが、嗚咽《おえつ》はすぐには止まらなかった。

「もういい加減泣きやめ。興が削《そ》がれる」

「な、なんだよ……ひっく」

後ろを振り向き、潤んだ目で必死に睨むと、嗣仁は逆に、やわらかく表情を和ませる。

「仕方ない。それなら、今日はこれだけで許してやる」

「許す？　え？」

問い返したと同時に顎《あご》に手がかかり、くいっと上を向かされた。

次の瞬間、何かやわらかなもので唇を塞がれて、二朗は薄い色合いの目を見開いた。

押しつけられたのは、嗣仁の唇だった。

まさか、キス……された？

何事が起きたかわからず、呆然《ぼうぜん》となる。

けれども、それきりで嗣仁の唇が離れていく。

二朗はぼうっとしたまま、詰めていた息を吐き出した。あまりに驚いたせいで、涙も止まってしまった。

「さっきは雅のことを気にしてたな。言っておくが、こんなのはキスのうちに入らない。ほんの挨拶だ」

そう説明されても、二朗はまだ呆然としたままだった。

†

次の日の放課後、二朗は生徒会室には顔を出さず、さっさと帰宅した。

嗣仁に突然キスされたショックから立ち直れずにいたからだ。

いつもどおり、からかわれただけだ。嗣仁は自分を玩具にするのが好きだから。そう理解はしていたが、どうにもすっきりしない。

自分なんかをからかわずに、あのきれいな転校生をずっとそばに置いておけばいいんだ。小柄な自分を連れ歩くより、あの雅と並んでいるほうが、ずっと見栄えがして、女子だって大喜びだろう。

今まで一年間、耐えてきたけれど、これを機会に解放してもらおう。

そうすれば何もかもすっきりと解決だ。

二朗は決意も新たに、翌々日も元気に登校した。

普段なら、生徒会をサボるとすぐに上級生の呼び出しが来る。

二朗は昼休みも弁当持参で、教室で身構えていたが、不思議なことに誰も訪ねてこなかった。

「ま、いいことだよ」

母が手作りしてくれた弁当を口に運びつつ、二朗は誰へともなく呟く。

「二朗君、珍しいね。今日はお弁当？」

そう声をかけてきたのは、一学年上の花子だった。

各学年二クラスしかないので、昼休みなどは皆でよく行き来しているのだ。

「なんだ、花子か。うちのお袋、たまにならやってやってもいいって言うから」

幼なじみの花子に、二朗はくったくなく笑いかけた。

「わあ、いいな。美味しそう」

弁当箱を覗き込んだ花子が羨ましそうな顔をする。

「おまえも弁当だろ？　分けっこするか？」

「うん。する、する。私もお弁当持ってくるから、席借りといて」

気軽に誘うと花子はすぐに教室から駆け出していく。

二朗はカフェに向かうクラスメイトに断りを入れてから机を後ろ向きに並べ、花子のための席を作った。

花子はすぐに戻ってきて、向かい側に腰を下ろす。

「私のはこれ。いつも自分で作ってるんだ」

花子はそう言いながら、可愛い狸模様のついた弁当箱を開けた。

卵焼きやサラダなどが、彩りよく詰められている。

「へえ、おまえも女らしくなったんだな」

天杜村の幼なじみに向かい、二朗は遠慮のない言葉をかけた。ひとつ年上だけれど、姉弟同然の花子にはついため口になってしまう。

「二朗のくせに、生意気言ってるね。牧原の小母さんには負けると思うけど、私の作った卵焼きだって、美味しいんだぞ」

「そんじゃ、味見」

二朗は花子の卵焼きをつまみ、ぱくっと口に放り込んだ。

母の作ったものより薄味だが、これはこれでいける。

「うん、けっこう美味い」

「でしょ？　それじゃ、私はハスのきんぴら分けてもらうね」

花子も遠慮なく二朗の弁当に箸《はし》を伸ばしてくる。

きんぴらを味わった花子は、にこっと頬をゆるめた。

「やっぱり美味しいな、小母さんのきんぴら。たまにはこういう田舎料理いいよね」

「田舎料理って、おまえんち、普段何食ってるの？」

二朗が問い返すと、花子はため息交じりに答える。

「うん、うちの母、最近フランス料理に凝ってて、和食はご無沙汰《ぶさた》なのよ」

「マジかよ？　狸の家系の東峰がフレンチ？」

二朗はそう言ったあと、我慢できずにくくっと忍び笑いを漏らした。

「笑うなんてひどいじゃない」

花子は軽く顔をしかめたが、それでも怒っているという感じではない。

幼なじみの間にある絆《きずな》は、そんなことで壊れはしないのだ。

「そういえば、おまえんちのチビ、元気？」

「うん、元気すぎて困るぐらい」

東峰家は狸の家系で、花子は普通の人間だが、幼い弟の命名者となっている。

「隣の敷地に早く初等科が建つといいけどな」

「ほんとだよね。ここなら何があっても安全だから……」

花子はそう言ってため息をついた。

本当はずっと幼い弟のそばにいたいのだろう。本性を隠したままで普通の小学校に通う苦労は、二朗自身も経験していることだ。

その後も色々話しながら、弁当を食べ終える。

二朗がびくっと危険を感じたのは、それからまもなくのことだった。

「あっ」

近づいてきた気配にさっと後ろを振り返ると、教室の入り口に一昨日の豹が立っていた。

「あれ、見かけない子だね。あっ、もしかして昨日転校してきた子じゃない？　こっち見てる。何か用事かな？」

花子はそう言って気軽に席を立つ。

「やめとけよ、花子」

二朗はとっさに花子を止めようとしたが、その前に雪代自身のほうが、こちらへと近づいてきた。

「あなたは……?」

雪代は、まず花子に向かって訊ねた。

「私は二年の東峰です」

「ぼくはそこの兎ちゃんの顔を見に来たんだけど、もしかして先輩は、兎ちゃんとつき合ってるんですか?」

興味深そうにそんなことを訊ねられ、二朗は思わず顔をしかめた。

「おまえには関係ない話だろ?」

ぶすりとした調子で言うと、花子が慌てたように手を振る。

「あ、違うからね」

「でも、仲よく一緒にランチとか」

「ああ、今日はたまたま一緒にお弁当食べてただけ。私と二朗は同じ天杜村の出身で、幼なじみだから」

ぶしつけな質問なのに、花子は気にも留めたふうもなく説明する。

「そんなやつ、放っとけよ、花子。おまえもよけいなことばっか訊くな。あっち行けよ」

「二朗、転校してきたばかりの子に、なんでそんな突っかかった言い方するの?」

花子には怒られたが、二朗の不機嫌は直らなかった。

すらりとしたスタイルに、女子が好みそうな甘いマスク。そのうえ雪代雅の本性は豹だ。今まで人を外見だけで嫌ったことはない。なのに、何故か雪代雅には必要以上に近づきたくないと思ってしまう。

「ごめん、ごめん。勘違いして悪かった。すごく仲よさそうに見えたから」

雅はそう言いながら、人好きのする笑みを浮かべる。

美貌の雅に、花子は珍しく頬を染めていた。

「で、何？」

二朗は迷惑だという態度を隠さず、そっけなく訊ねた。

だが雅のほうは、少しも堪えていないように、二朗にも無駄に笑みを向けてくる。

「昨日、生徒会に来なかっただろ？　だから様子を見に来たんだ」

意外な言葉に、二朗は眉をひそめた。

「なんでおまえがそんなこと……」

「ぼくも生徒会に入ったから」

明かされた事実に、二朗は息をのんだ。

生徒会室で雅に会ったのは一昨日のこと。そして雅が天杜学園の生徒になったのは、昨日からのはずだ。嗣仁との間に何があったのかは知らないが、転校初日から生徒会のメンバーになるとは驚いた話だ。

「転校してすぐ生徒会入りするなんて、すごいわね。一年生からは二朗に次いでふたり目？」

何も知らない花子は単純に感心しているが、二朗の心境は複雑だった。

「ぼくだけじゃないですよ、先輩。このクラスからもひとり選ばれてるし。ええと、カモシカの彼、なんと言ったっけ？」

「三好……」

二朗が呆然と答えると、雅はさらに笑みを深くした。

一昨日はさほど気にならなかったが、雅は女の子にも負けないほどきれいな顔をしているのに背が高い。もちろん嗣仁ほどではないが、前に立たれると上から見下ろされているような感じだ。

「そうそう、その三好君。今、ちょうど生徒会室で任命されてる頃だよ」

同じクラスの三好にそんな話がいっていることも、二朗は知らなかった。というより、知らされていなかった。

今まで生徒会に毎日顔を出していたのに、仕事らしい仕事は何もさせられていない。

自分が呼びつけられていたのは、やはり嗣仁の気晴らしのためだったのかと、気持ちが沈み込んだ。

もちろん三好なら優等生気質だし、自分などよりよほどいい働きをするだろう。だからこの鬱々とした気持ちは、三好に対する嫉妬じゃない。

「それで、わざわざ俺のクラスまで生徒会人事を伝えに来てくれたってわけだ？」

横で花子がはらはらしていたけれど、雅に対しても平静な気持ちではいられなかった。

「そうだよ？　君の様子を見て来いって、嗣仁に頼まれたから」

そのひと言で、二朗はさらにカチンとなった。

嗣仁を呼び捨てにしたことが何故か気に障ったのだ。

それに嗣仁自身にも腹が立つ。前とは違い二年生の嗣仁だって、同じ高等部の校舎にいるのだ。なのに、わざわざ転校したての雅を寄こすとはどういうことだと問いたい。どうせなら、同じクラスの三好を寄こせばいいのだと、さらに胸の中のもやもやが大きくなる。

けれども二朗はそこで、はっとある可能性に気づいた。

目の前にいる雪代雅。彼が転校してきたから、もう自分の存在は必要なくなったのだろうか？

それで自分を生徒会から閉め出して、色々仕事を任せられる優等生の三好を代わりに選んだ？

そんな考えにとらわれる。

「それじゃ、伝えたからね」

雅はもう話は終わったとばかり、軽く手を上げてきびすを返す。

「二朗、どうしたの？　顔、赤いよ？」

隣から花子に声をかけられて、二朗はさらに落ち込んだ。

「別になんでもないよ。あいつが偉そうな態度取るから、ちょっと頭にきただけ」

「何を言ってるの。彼は親切で伝えに来てくれたんでしょ？」

「知らない」

幼なじみの気安さで、ぶすりと不機嫌な声を出すと、花子は大きくため息をついた。

雅が現れて、なんだか今までうまく回っていた歯車が狂ってしまった気がする。

嗣仁がふざけてキスなんかしてきたのも、今までにはなかったことだ。無理やり兎に変化させられて、ぎゅっと抱っこされたり、耳を舐められたりはしたけれど、キスまでされたことはなかった。

二朗はふと嗣仁に口づけられた時の感触を思い出し、自分の指を唇に当てた。それと同時に、雅にキスしていた姿も思い出す。

おそらく雅は転校してくる前から、嗣仁と相当親しかったのだろう。そうじゃなければ、あんなに馴《な》れ馴《な》れしい態度は取らないはずだ。

雅は豹だが、それでも虎には敵わないだろう。力は嗣仁のほうがずっと上だと思う。

脈絡なく考えていると、黙り込んだ二朗を心配してか、花子がじっと顔を覗き込んでくる。

「二朗、本当に大丈夫？　熱でもあるんじゃない？」

額に手まで当てようとするので、二朗はそれをやんわりと振り払った。

「それ、なんでもないって顔じゃないよ？　生徒会のことで何か悩みがあるなら聞くよ？」

「別にいいって。悩みなんかないから」

二朗はそう言い切ったが、花子は少しも信用していない顔だ。

しかし、その時ちょうど予鈴のチャイムが鳴る。

「それじゃ、私はもう行くけど、ほんとに何かあるなら言ってよ？　いい？」

「わかったよ」

二朗がそう答えると、花子は何度も振り返りながら教室を出ていく。

幼なじみによけいな心配をかけた。

二朗はようやくそう気づいて、ふうっと大きく息を吐き出した。

「あとで謝っとかないとな……あいつ、怒らせると案外怖いし……」

外に出ていたクラスメイトががやがやと戻ってくるなかで、二朗はぽつりと呟いた。

5

その日、六時間目の授業が終わりになる頃、天杜学園の校舎には、いつにない校内放送がかかっていた。

二朗のクラスは数学の授業で、教師がまだ終わりを告げていないにもかかわらず、気の早い者は教科書を鞄に仕舞い始めている。二朗もそのうちのひとりだった。

そこに突然放送が流れてきたのだ。

『天杜学園の生徒の皆さん、本日はこれより緊急避難訓練を行います。生徒は教室から出ずにしばらくの間、待機していてください。それと生徒会の役員は至急、正面玄関に集合してください。先生方は職員室のほうへお願いします』

聞き覚えのあるこの声は、生徒会で紅一点の先輩のものだ。

そして同じ内容が二度、三度とくり返され、教室は一時騒然となった。

「緊急避難訓練って何？」

「今までこんなの一度もなかったぞ」

「おい、牧原、おまえ、なんか話を聞いてないか？」

まわりからいっせいに視線を向けられて、二朗は慌てて首を左右に振った。

「俺、何も知らない」

「牧原、とにかく正面玄関へ行ってみよう」

そう言ってすくっと席を立ったのは、今日付で生徒会の役員になった三好だ。

「俺は」

行かない。

そう続けたかったのに、三好に素早く腕をつかまれる。

二朗は強引に引っ張られる感じで、教室の外へ出ることになった。

正面玄関へ向かうと、どの教室でも生徒たちがざわざわと騒いでいる。そして各教室から出てきた教師たちが、どこか緊張した表情で職員室へと向かっていた。

「三好、おまえ何か聞いてる？　昼休みに生徒会室に行ったんだろ？」

「ああ、行ったよ。でも、生徒会の役員をやれって言われただけで、他には何も聞いてない。おまえこそ、何か知らないのか？」

「ううん、知らない」

少し情けない気もしたが、二朗は首を振るしかなかった。

無理やり生徒会に入れられてからすでに一年が経っているが、こんな事態は初めてだ。何が起きているのか見当もつかなかった。

二朗はあくまでお飾りの役員にすぎず、生徒会の運営にはいっさい関わってこなかったのだから。

「生徒を教室に残してってことは、きっと何か緊急事態が起きたんだ。とにかく、集合場所に行って、九条様の命令どおりに動くしかないな」

優等生気質の三好はそう言って、すっと黒縁眼鏡の端を指で持ち上げる。

何が起きても動じないぞという構えに、二朗は素直に感心した。

正面玄関は三階まで吹き抜けの広々としたホールになっている。

そこにはすでに、猪と山犬をはじめ、主立った役員が勢揃いしていた。

皆が囲む中心には、嗣仁と雅が立っている。

ふたりが揃っているところを見ただけで、二朗の胸には昼休みに感じたもやもやが蘇ってきた。

思わず眉をひそめると、嗣仁がふいにこちらを見る。

そして二朗を認めたと同時に、学園のカリスマは不快げに眉根を寄せた。

「二朗、おまえは教室に戻れ」

いきなり名指しで声をかけられて、二朗はその場で立ちすくんだ。

生徒会の役員は集合しろ。そう言われたからここへ来たのに、自分ひとりだけはいらないということだろうか。

二朗は納得がいかずに、キッと嗣仁を睨みつけた。

「いいか、おまえたちの受け持ちは裏門だ。正門はプロに任せる。新しくメンバーになった三好にも移動の途中で説明してやれ」

「はっ、ご命令どおりにいたします。おい、三好。おまえは俺たちと一緒に来い」

嗣仁の命令にすかさず答えたのは、側近を自負する猪だ。

三好は二朗を気にしつつも、先輩の命に従う。

皆が裏門に向かい始めるなかで、嗣仁だけが二朗のそばまでやってくる。

「いいか、二朗。おまえはちゃんと教室に戻れよ」

嗣仁はそう声をかけて、二朗の頭をひと撫でした。

「なんだよ。触るなよ。俺はいらないんだろ？　大人しく教室に戻るから、さっさと行けよ」

二朗は怒りと惨めさに震えながら、嗣仁の手を振り払った。

けれども、その手はしっかりとつかまれてしまう。

「二朗、おまえは教室だ。いいな？」

怖い顔で念を押され、二朗はびくりとすくみ上がった。

だいぶ慣れてきたけれど、嗣仁は虎。こうして脅されるとどうしても恐怖を感じる。

嗣仁は冷たく刺すように二朗を見据え、そのあとつかんでいた手を放した。

そしてくるりと二朗に背を向け、優雅な足取りで先に行かせた者たちを追う。

制服の後ろ姿を見送りながら、二朗は惨めさに震えているしかなかった。

生徒会に無理やり入れたくせに、いざとなればおまえはいらないと否定される。

昨日から役員になった雅と、今日付で生徒会入りした三好。ふたりは立派な戦力と認められているのに、兎の自分はいらない認定をされたのだ。

誰の姿もなくなった正面玄関で、二朗は長い間立ちすくんでいるだけだった。しかし、そのうちに、どうしようもない惨めさが、沸々と湧いてきた怒りに取って変わる。

二朗は衝動的に正面玄関から外へと飛び出した。

あいつの命令になんか従うものか！

鞄を教室に置いたままだったが、今は誰の顔も見たくなかった。

†

天杜学園から最寄りの駅までは、普通に歩くと三十分ほどの道のりだ。専用のシャトルバスも出ているのだが、二朗はひたすら歩いて駅を目指した。

都会にあるとはいえ、あたりにはまだ田園風景が広がっている場所だ。のんびり歩く分にはいい散歩気分が味わえるが、今の二朗にそんな余裕はなかった。

通学鞄を置いてきたけれど、定期と携帯だけは制服のポケットに入れている。

だからこのまま家まで帰ってしまうつもりだった。

一刻も早く一朗の顔を見て安心したい。兄にこのもやもやをすべて聞いてもらわなければ、収まらなかった。

役立たずの兎。嗣仁にそう言われたも同然で、怒りがまだ渦巻いている。

あんなふうに、いらない認定をするくらいなら、最初から生徒会に入れなければよかったのだ。

だが、駅前から続く商店街に差しかかった時、二朗はざわっと全身の産毛が逆立つような恐怖を感じた。

今すぐ本性の兎に戻って逃げ出したくなるが、それを懸命に堪える。

ここは学園内じゃない。人目があるなかで、そんな真似は絶対にできない。

二朗は道の途中で足をすくませ、きょときょととあたりを見回した。

肌にピリピリ感じるのは、危険な獣の気配だ。天杜学園にはいない種類の肉食の獣。

まさか、ハイエナ？

しかも、ハイエナの気配は十以上、いや全部合わせると二十ぐらいの数だ。

見つかったら食い殺される！

恐怖にとらわれた二朗は、必死に隠れ場所を探した。

向こうはまだ自分に気づいていない。だから、一刻も早く風下に回って身を隠さなければ！

けれど焦れば焦るほど、そんな都合のいい場所は見つからない。

古くから続く商店街は道幅が狭く、木造の店舗がずらりと並んでいる。そのうちの一軒に飛び込むことも考えたが、どこも安全な気がしなかった。

そうしているうちに、ハイエナたちの気配はどんどんこちらへと近づいてくる。

あと十メートルほどの距離まで迫られて、二朗は我慢できずにくるりと後ろを向いて走り出した。

しかし、その行動はかえってハイエナたちの注意を引く。

二朗が走り続けられたのはほんの百メートルほどだった。すぐに六人ほどのハイエナに取り囲まれてしまう。

ちょうど商店街が終わり、両側に空き地があるという場所だ。

『おや、こんなところに可愛い兎ちゃんがいた』

『慌てて、どこへ行くのかな?』

『可愛い兎ちゃん、お兄さんたちとちょっと遊ぼうか』

二朗のまわりを囲んだのは、全員が若い外国人だった。

白人が多いが、中にはアジア系の者も交じっている。全員が男性で、皆がパンク系のファッションに身を固めていた。

頭は金髪のモヒカン、唇にピアスをつけ黒い革ジャンを来た白人男が、すっと手を出してくる。

『兎ちゃんは、ジュニアハイスクールの生徒？』

そう訊ねながら、白人男は人差し指でするりと二朗の頬をなぞり上げた。

「……っ！」

二朗は胃がぎゅっと縮み上がるような恐怖を感じた。男の手を払う勇気もなく、じっと耐えるだけになる。

今さらだが、学園で避難訓練だと言い出したのは、この者たちの来訪を察知してのものだったのではと思いつく。

兎の自分は人一倍警戒心が強い。それ以外に誇れるようなものはなかったのに、一番に捕まっているようではどうしようもない。

嗣仁が教室に戻れと言ったのも、もしかしたら弱い自分を庇《かば》ってのことだったかもしれないのに……。

後悔しても仕方のないことばかりが頭に浮かぶ。

そして、二朗は嗣仁のきれいな顔も思い浮かべ、心から助けに来てほしいと願った。

いつもなら、兄の顔が真っ先に出てくるはずだ。なのに今は嗣仁のことしかなかった。

『さあ、兎ちゃん。答えるんだ。俺たちはアマトの子たちと楽しく遊びたいんだ。兎ちゃんも生徒なんだろ？』

『アマトを支配しているのはタイガー一頭だと聞いたけど、本当かい？』

男たちはわざとらしい猫撫で声で訊ねてくる。

『タイガーと言ったって、お坊ちゃま育ちなんだ。どうせ、大して力がないんだろ？』

三人目の男がそう暴言を吐いた瞬間、二朗の中でふいに怒りが噴き上げた。

「嗣仁はほんとに強いんだ！　おまえたちになんか負けるもんかっ！」

怒鳴ったのは日本語だ。

でもびくびく怯えていた二朗がいきなり怒りを爆発させたのだ。ハイエナたちにも充分に伝わったことだろう。

その証拠に、今までへらへらしていた男たちの目つきが一変する。

ギラリと鋭く見据えられ、二朗は再びすくみ上がった。

『悪い子は食べてしまおうか』

最初に二朗を捕らえた金髪モヒカンの白人男がそう言って、顔を近づけてくる。

「！」

首筋に生臭い息がかかり、二朗は思わずぎゅっと両目を閉じた。

男は味見でもするかのように、二朗の喉を舌で舐め上げる。

た、助けて！

食われる！　嗣仁、早く助けに来て！

二朗は胸の内で、我知らず助けを求めた。

次の瞬間だった。囲んでいた男たちの間に緊張が走る。

あり得ない気配を感じて、二朗は閉じていた目を開けた。

「……嗣仁……っ」

掠れて小さな声しか出なかったが、二朗は必死に名前を呼んだ。

見れば制服を着た嗣仁は、たったひとりでこちらへと歩いてくる。

ハイエナの数は二十ほどなのに、少しの乱れもない優美な足運びだった。

『兎一羽に、いい大人が二十……いや、二十一人か……』

嗣仁は低く呟いた。

少しの高揚もなく、冷え冷えとした声だ。それだけに、二朗には彼が恐ろしく怒っていることがわかった。

『おまえが噂のタイガーか？　城にこもっていればいいものを、のこのこ外に出てくるとは、あまり頭がよくないらしいな』

金髪モヒカンの白人男は馬鹿にしたように笑いながら、二朗から手を離した。

そのせつな、いきなり嗣仁が行動を起こす。

二朗は目を見開いていたにもかかわらず、何が起きたのかわからなかった。

嗣仁は変化もしていないのに、オリンピック選手なみの跳躍を見せ、一瞬後には二朗のそばに立っていた。

「嗣仁……」

「馬鹿兎、いいか。俺が合図したら、おまえはそこでしゃがんでろ。一歩も動くな。変化もするな。そこで石みたいに固まってろ。いいな？」

押し殺した声で命じられ、二朗はこくりと頷いた。逆らう気力などまったくない。

「わ、わかった」

素直な返答を聞いて、嗣仁がふっと笑みを見せる。

こんな時だというのに、二朗は胸が熱くなるのを覚えた。

だが、次の瞬間には激しい戦いが始まる。

「二朗、伏せろ！」

掛け声とともに、二朗はさっと地面に蹲《うずくま》った。

顔だけ上げて見ていると、嗣仁は恐ろしいほどの速さでリーダー格のモヒカン男に迫り、首筋に手刀を叩き込んだ。モヒカンは苦し紛れに両手を振り回したが、その時にはもう次の標的に向かって蹴りを放っている。

虎に変化しての攻撃ならまだしも、人型のままでこのスピードを維持できるのは信じられない。まるで特殊部隊で訓練をこなしていたかのように、攻撃に隙がなく、相手を一発で倒す業が次々と繰り出される。

そのうえ動きがまるで高雅な舞でも舞っているかのように優美だった。

嗣仁はあっという間に、敵の半数以上を地面に叩きつけていた。

しかし、その時、二朗は兎特有の勘に誘われ、嗣仁から目を離した。

視線を引きつけられたのは、商店街の一番端にある雑貨店だ。通りに立て看板が置いてあり、その向こうに伏せている人影があった。

何故、あんなところに身を隠しているのか。どうして膝をついているのか。

二朗は大した知識も持ち合わせていないのに反射的に立ち上がり、本能のままに叫んだ。

「嗣仁、危ない！　あっちの男が銃で狙ってる！」

次の瞬間、パシュッとおかしな音が大気を斬り裂いた。

心臓がドクンと跳ねる。

二朗は恐怖のままに目を見開いて、嗣仁を見つめた。

さっと明るい髪の頭を振ったのと、銃弾が掠めたのと、どちらが先だったかわからない。

いやだ！

死んじゃ、いやだ！

二朗はなすすべもなく、心の中だけで必死に叫んだ。

恐ろしい結末は見たくない！　今すぐここから逃げ出したい！

頭の中がもうぐちゃぐちゃで、ぎゅっと目を閉じる。

どれほど経った頃か、虎の気配が近づいて、二朗は恐る恐る目を開けた。

前に立っている嗣仁は、髪を少し乱しているだけで、どこにも怪我がなさそうだ。

いや、一箇所だけ、頬に赤い線が見えた。さっきの銃弾が掠った痕《あと》だ。

でも、とにかく嗣仁は無事だった。

そう思っただけで、胸がいっぱいになって、涙が溢《あふ》れてきそうだった。

だが、肝心の嗣仁が放ったのは、あたりにビリビリ響く怒声だった。

「この馬鹿が！　どうして俺の命令が聞けなかった！」

「ヒャアッ……！」

二朗はとっさに首をすくめ、それだけでは終わらず、ボンと変化してしまう。

怒った嗣仁は、さっきのハイエナよりずっと怖かった。

小さな兎になった二朗は、一目散にその場から逃げようとしたが、嗣仁がそれを見逃すはずもない。

上からいきなり両耳を束にしてつかまれて、二朗は情けない声を上げた。

「やあぁっ！　耳！」

あろうことか嗣仁は長い耳をつかんだまま、二朗の小さな身体を自分の目と同じ高さまで持ち上げたのだ。

バタバタ両肢を動かせば、よけいに耳が引っ張られて痛い。

「やっ、放して！」

二朗は涙目で懇願したが、嗣仁の怒りは解けなかった。

「おい、わかってるのか？　おまえは二重に命令違反を犯したんだぞ？」

「やだ、耳痛い。放してよ」

嗣仁は最高に機嫌が悪く、二朗は前肢をちょんと前に出し、後ろ肢はだらりと伸ばしたままで、話を聞くしかなかった。

「おまえごときの力では戦力にならない。だから教室に戻れと言っておいたのに逃げ出した。危ないからしゃがんでいろと命じたのに、おまえはそれも無視して、俺の戦闘中に立ち上がるなんて馬鹿な真似をしでかしたんだ。おい、わかってるか？　俺様の顔に傷がついたのは、全部おまえのせいだぞ。どうしてくれるんだ？」

嗣仁は右手だけで二朗をぶら下げ、左の指を自分の傷ついた頰に向ける。

「ご、ごめん。……お、俺、ごめんなさい……っ」

二朗はぼろぼろと涙をこぼした。

わざわざ示されるまでもない。嗣仁のきれいな顔に傷をつけたのは、自分が愚かな行動を取ったせいだとわかっていた。

でも、目を真っ赤に泣きはらしたせいか、ようやく嗣仁の怒りが収まる。

「馬鹿兎が……」

嗣仁はそう言いながら、二朗の耳から手を離した。

だが、すとんと落とされたのは、地面ではなく嗣仁の腕の中だ。

二朗の丸い身体は、嗣仁の胸、制服の上着の中にすっぽりと収まる格好になった。

「あ、あの……俺、下ろして……ください」

「兎のままで家まで戻れるとでも思っているのか？　おまえの家、ここから遠いだろう」

「に、人間に戻る」

「ここで人間に戻ったら、おまえは裸だぞ。人通りが少ないと言っても、誰かが見ているかもしれない。おまえは変態として警察に通報されたいのか？」

嗣仁の脅しに、二朗は今さらながら、あたりに視線を巡らせた。

あちこちで呻き声を上げている外国人の男たちが転がっている。自分の制服は、その真ん中に落ちていた。下着まで元の格好を想像させる形で残っているのは、かなり恥ずかしい。

まだ陽が高く、制服を持って逃げたとしても、適当な着替え場所を見つけるまでは、丸裸の格好をさらすことになる。

ハイエナに脅されていた時は我慢できたのに、助けてくれた嗣仁に怒鳴られたせいで変化してしまったことが、つくづく情けなかった。

その嗣仁は二朗を抱いたまま、器用に携帯を操作している。

「俺だ。二頭ほど逃したが、他は全部片付けた。あとの処理を頼む。それと車を回してくれ。……ああ、今すぐだ」

嗣仁は短い通話を終え、制服のポケットに携帯を戻す。

「あの……俺を下ろしてください」

二朗は再び頼み込んだ。

だが、嗣仁からはにべもない返事が返ってきただけだ。

「うるさい。黙ってろ」

ハイエナに襲われそうになったところを助けてもらったのに、これからどうなるのかと思うと、再び不安が芽生えてくる。

しかし、それからいくらもしないうちに、嗣仁が呼び寄せたらしい車が近くに停まった。

ボディが濃紺の外国車で、窓はスモーク。後部席から、黒ずくめでサングラスまで掛けた強面《こわもて》の男がふたり降りてきた。

「嗣仁様、お見事なさりようでした。あとの手配はお任せください」

強面のひとり、巨漢の男がそう言って、丁寧に腰を折る。

「俺はひとまず屋敷に戻る。学園のほうも警戒を解くよう指示しておいてくれ」

「はっ、かしこまりました」

嗣仁はまだ高二だというのに、三十代に見える強面の男たちを顎で使っている。

二朗はこんな時だというのに、ほとほと感心してしまった。

巨漢の男は本性が羆《ひぐま》で、もうひとりはジャガーだ。しかし、嗣仁が発する虎の《気》は、彼らのものを遥《はる》かに上まわっている。
嗣仁はその場に君臨する王者のように、ゆったりと後部席に収まった。
ジャガーが気を利かせて二朗の服を拾い、助手席の上に置く。
そして外国車はすぐに走り出したのだ。

6

九条嗣仁はすこぶる不機嫌だった。

腹立たしさの最大の原因であるチビの兎は、制服の上着から情けない顔を覗かせ、物言いたげに嗣仁を見上げてくる。赤っぽい兎の目で、必死に同情を買おうとしているようで、嗣仁はじろりと冷たく見返してやった。

兎はとたんにびくついて、懐の中でもがくが、どのみち高速を走っている車からは逃げられるはずもない。そのうちに兎は哀れっぽい眼差しでまた嗣仁を見つめてくる。

だが、この兎をどう扱うかは、嗣仁自身もまだ決めかねている状態だった。

二度と命令に逆らわないように、徹底して虐めてやるか、それとも逆に、いやというほど可愛がってやるか……。

とにかく、自分にとって兎など取るに足りない存在だ。

屋敷に連れていき、様子を見てから扱いを決定してやる。

嗣仁はそう思い、純白のふさふさした毛に覆われた兎の背中を撫でた。

兄からよからぬ連中が天杜学園に向かったとの連絡があり、外国から入り込んできたハイエナの群を片付けた。ほんの少し取り逃がしたが、連中もこれで懲りたことだろう。あとの処理も兄の秘書役を務めている妹尾（せのお）に任せてきたので、これで自分に課せられた役目は終わりだ。

しかし嗣仁が不機嫌になっているのは、今日成し遂げた仕事が完璧とは言えないせいだった。自ら完全に手配したはずなのに、ふとした拍子にこの兎が勝手に逃げ出した。そのうえハイエナの犠牲になりかけたのだ。

天杜学園の生徒はすべて九条家の保護下にある。嗣仁は、父が亡くなって総帥の座を継いだ兄を、助けてゆかねばならぬ立場だった。

そして九条家の人間たるもの、何があろうと失敗は許されない。

なのにこの兎は、ほんの少しの隙をついて逃げ出した。慌てて捜しにきた時は、すでに敵方に捕まっており、腹立たしいことこの上ない。

しかもこの兎は、嗣仁の戦闘中も邪魔をしてくれたのだ。

銃弾で狙われていることに気づいたのは、兎のほうがほんの少し早かった。注意を促してくれたまでは褒めてやってもいい。でもこの兎はそのあと、嗣仁の命令に逆らって無防備に立ち上がるという、許されざる失態を犯した。

銃で狙われたのがもしこの兎なら、どうやって防ぐ？

あの一瞬、脳裏を過《よぎ》った考えのせいで、銃弾への対処が僅かに遅れた。

ここ二年ほど、兄以外の者から傷を負わされたことなどない。なのに、頬にはっきりと傷が残った。

これは嗣仁にとって、最大の屈辱だった。

そのあとも、兎はいきなり変化するという無防備さをさらした。人目があるかもしれない昼日中に、いきなり変化するとは何事か。

嗣仁はその時の様子を思い出し、再び白兎をじろりと睨みつけてやった。

兎はまたびくりと震えるが、この際徹底して躾《しつ》け直す必要があるだろう。

嗣仁が身内に巣くう怒りの分析を進めているうちに、車は九条家の屋敷へと到着する。

嗣仁は兎をかかえたままで、厳重な警備態勢が敷かれた玄関から屋敷内へと入った。

「お帰りなさいませ、嗣仁様」

出迎えたのは屋敷の留守役を務めている使用人だ。

黒スーツを着て厳《いか》めしい顔つきをした四十代の男は、本性を持たない普通の人間だったが、さすがに兄の信頼を得ているだけあって、まったく隙を見せない。

もし、嗣仁と一対一での戦いになったとしても、かなりの善戦をするのは間違いのないところだ。

「皐織は？」

嗣仁は歳の離れた弟の所在を訊ねた。

「皐織様はいったん帰宅されたあと、ヴァイオリンのレッスンにお出かけです」

弟は九条家の一員であるにもかかわらず、虎の本性を持っていないため、幼い時は天杜村で暮らしていた。今は家族と一緒だが、外部の私立に通っている。弟のまわりは常に屈強のガードで固めているので、身の安全は保証されているはずだ。

「兄貴からは何か連絡があったか？」

「いいえ、ございません」

「なら、俺はしばらく部屋で休む」

「はっ、かしこまりました。で、そちらのお方は？」

使用人が見咎《みとが》めたのは、胸にかかえている兎だ。

「これは天杜村の者だ」

「さようでございましたか」

使用人はそう言っただけで引き下がった。

たとえ当主の弟が持ち込むものであろうと、必ず己の目でチェックする。その信念を貫いてのことだ。

嗣仁は兎の二朗をかかえ、奥の自室に向かった。

使用人は多いが、こちらから呼ばない限り邪魔をする者はいない。

部屋は三間続いており、そのうちのひとつは芝生だけの奥庭に面している。

嗣仁は開け放たれていたガラス戸をきっちりと閉めてから、兎を床に下ろした。

二朗は待ってましたとばかりにぴょんぴょん逃げていく。隠れたのはソファの下の隙間だ。丸い尻尾を振りながら潜り込んでいく姿を見て、嗣仁は思わず頬をゆるめた。

兎など弱々しいだけで、愛玩以外の役には立たない。だがもふもふで丸っこい姿や仕草は文句なく愛らしい。

嗣仁は二朗が逃げ込んだソファに、わざとらしく腰を下ろした。そして長い足を組み、ゆっくり話しかける。

「そこに逃げ込んでどうしようと言うんだ？」

「………………」

二朗は無言で抵抗しようという構えだが、それも笑みしか誘わない。

「いつまでそこに隠れているつもりだ。いい加減、出てこいよ」

しばらくして、嗣仁は余裕で呼びかけた。

ソファの下からかすかに息をのむ気配がする。

嗣仁はにやりと口元をゆるめ、再び声をかけた。

「そこから一生出てこないつもりか？　俺はそれでもいいがな。俺が留守にする間の世話は、誰かに頼んでやろう。その代わり、おまえはずっと兎のままでいるんだ」

「……ひどい……っ」

「どうしてだ？　俺には人間を飼う趣味はない。兎ならずっと飼ってやってもいいけどな」

ソファの下で聞いている二朗は、さぞ情けない顔をしていることだろう。

ちらりと想像しただけで、声を出して笑ってしまいそうになる。

嗣仁は自分が親切で優しい人間だと思ったことはない。その逆で、人を虐めて喜ぶ人間でもないと思っていた。

そもそも特殊な家に生まれたせいか、今までは他人に執着を覚えることもなかったのだ。

しかし、これはかなり楽しいと思う。

子供の時も思ったが、二朗の反応はいちいち新鮮で、笑ってしまうのだ。

「さあ、俺のペットになるつもりがないなら、いい加減出てこい」

少し厳しく言ってやると、兎はようやくソファの下からもぞもぞと這い出してきた。

だが二朗はばりばりに警戒を強め、嗣仁に捕まらないよう部屋の反対側まで全速力で走っていく。とは言っても兎の走り方なので、ぴょんぴょん跳ねるたびに、尻尾が揺れておかしかった。

我慢できず、腹を押さえて笑っていると、二朗が部屋の隅から恨めしそうに睨んできた。

「なんで、俺のこと笑うんだよ?」

「おまえがおかしな反応ばかりするからだろ」

「ひどい……っ」

「さあ、襲ったりしないから、いい加減に変化を解け」

嗣仁はソファに深く背中を預け、両手を広げた。

だが二朗はまだ警戒しているのか、人間の姿に戻ろうとはしなかった。

兎のままではドアを開けられない。部屋から出ていくことさえできないのに、あくまで抵抗するつもりだろうか。

「……服……俺の制服……返して」

「制服？　ああ、おまえの服か……だが、ここにはないぞ」

嗣仁は、二朗がためらっている理由にようやく気づいたが、服はまだ車の中だ。自分が命じれば、もちろんすぐに届けられるだろうが、それでは面白くない。

「返して」

「おいおい、人聞きの悪いことを言うな。おまえの制服、キープしておくように言ってやったのは俺だぞ。まさか、人の親切を批難する気か？」

「だって、服がないと変化を解けない」

嗣仁はたまらず、またくくっと笑ってしまった。

変化は解きたいが、裸をさらすのが恥ずかしい。

二朗の欲求は極めて単純だ。

嗣仁はひとしきり笑ったあと、ふと悪戯を思いついた。

「よし。それなら風呂に入ればいい」

「えっ？」

「俺も軽く汗をかいた。一緒にシャワーでも浴びよう」

嗣仁はなんでもないように言って、すっとソファから立ち上がった。

二朗はぽかんとしたようにこちらを見ているだけだ。だからたった一回の跳躍で、兎を捕らえることができた。

「やあっ！」

ふかふかの首筋をつかんで持ち上げると、二朗は情けない悲鳴を上げる。

嗣仁は兎をしっかり腕の中に収め、バスルームへと向かった。

湯船にはすでにお湯が溜《た》まっているはずだ。帰宅後、いつでも入浴できるように、使用人がコントロールしているのだ。嗣仁の帰宅時間を知ったと同時に、スイッチが入れられている。

部屋は、虎の本性に戻ってもゆったりすごせるよう、贅沢なスペースを取ってある。浴室も同じで、充分すぎるほどの広さがあった。

「おまえ、先に入ってろ」

嗣仁は浴室の中に兎を入れていったんドアを閉め、それからゆっくり制服を脱ぎ捨てた。

鍛え抜いた身体は等身のバランスがよく、近頃ではモデルのバイトも始めている。ファッションに強い関心があるわけではないが、華やかな世界に身を置いていると、思わぬ情報が耳に入ることもある。

モデルなど軽薄だと眉をひそめる頑固者もいるが、嗣仁は、堅物の兄では行き届かない部分をカバーしているつもりだった。

ドアを開けバスルームに入っていくと、二朗はまだ兎の姿のまま、隅で蹲っていた。

バスタブはすでに湯がいっぱいになっている。二朗の毛は湯気でしっとり濡《ぬ》れているようだった。

「おまえ、まだ変化を解いてなかったのか？」

「お、俺は別に風呂なんて、入りたくない」

「そう言わずに、おまえも湯船に浸《つ》かれ。兎だって風呂ぐらい入るんだろ？」

嗣仁はひょいと二朗を抱き上げた。

「わっ」

二朗は一瞬、焦ったように四肢を伸ばすが、嗣仁が抱いて湯船に浸かると、とたんに大人しくなった。

「ははは、おまえの毛、濡れたらぺったんこだな。情けねぇ」

嗣仁が遠慮のない評価をくだすと、二朗はぶすりとしたように言い返してくる。

「あ、あんただって、虎のまんま濡れたら、同じだろ？」

ようやく二朗が言い返してきたので、嗣仁は内心でにやりと笑った。

あまりにもびくついて大人しい二朗をからかっても、面白くない。これぐらい元気で言い返してくるほうが、虐め甲斐があるというものだ。

「ま、兎のままでいるなら、俺がシャンプーしてやるよ。特別サービスだ」

あまり浸かっていると、のぼせてしまうかもしれない。

嗣仁は用心のため、掌で腹をすくって、兎を湯船から出した。

そして、刺激の少ないシャンプーで身体を洗ってやる。

「さ、触んな！」

くすぐったいのか、兎の二朗がくいっくいっと身体をくねらせる。

「おい、大人しくしてろ。シャンプーが耳や目に入るぞ」

「やだよ」

二朗はそれでも逃げ場を探して身をよじる。

それを宥めつつ、嗣仁は丁寧に身体を洗ってやった。

しかし、局部を洗おうとした時、二朗が突然ジャンプする。兎の跳躍力はそう馬鹿にしたものでもなく、二朗は風呂の床から五十センチほど飛び上がったのだ。

「おい！」

さすがの嗣仁もふいをつかれ、二朗をつかまえるのに苦労した。

「やだよ、放せよ！」

散々暴れるのを持て余し、嗣仁は二朗を床の上で仰向《あおむ》けにした。

その時、可愛らしいものがぴょこんと飛び出しているのに気がつく。

「おまえ、気持ちがよくて勃ったのか？」

嗣仁はくすりと笑いながら、可愛らしく勃ち上がったものを指でなぞり上げた。

「やああっ！」

バスルーム中に二朗の上げた悲鳴が響き、思わず顔をしかめる。

変化が始まったのは、その直後だった。

小さな兎がむくむくと大きくなり、輪郭が人間のそれへと変化していく。一分も経過しないうちに、二朗は完全に人間の姿へと戻ったのだ。さすがに嗣仁の腕から離れたが、二朗は仰向けのままだ。

そして下腹部には、可愛らしく勃ち上がったものが、存在を主張していた。

「おまえのそれ、人間になってもそのままか。おまえ、どれだけえろいんだ？」

嗣仁は軽い口調でからかった。

二朗はとたんに身体を硬直させ、焦ったように両手で股間《こかん》を隠す。

嗣仁はその手をつかんで、無理やり横にどけさせた。

今の二朗は風呂の床に両足を広げて座り込んだ格好だ。そして股間のものは、まだぴんと張りつめたままだった。

見られていることが恥ずかしいのか、二朗は真っ赤になった顔をそむける。

今は人間のサイズに戻った耳も、赤く染まっていた。

「お、願いだから……み、見ないで……」

二朗は思わぬ事態に泣きそうな声を出す。

けれども嗣仁は何故かその声を聞いただけで興奮を覚えた。

「見ないで、とか言っても遅いだろ。それより、始末するなら俺が手伝ってやるよ」

「！」

二朗はびくんと硬直する。

嗣仁はにやりと笑い、悠々と二朗を抱き上げた。二朗は人型に戻っても小柄なうえに、驚くほど軽い。

だが、湯船に浸かったほうが安定するだろうと、嗣仁は再び二朗をかかえて立ち上がった。

「な、何する気だよ？」

「おまえを達かせてやるだけだ。もともと俺がおまえの身体を洗ったせいで、こうなったんだろ？　最後まで責任持ってやるよ」

「やだ。そんなのいい。俺、いやだ」

二朗は逃げられもしないくせに、身体を揺らす。

湯船に浸かり、背中から抱き込んでやると、ようやく観念したように動かなくなった。

「足を開け。閉じてるままだと触れないだろ」

「や、だ」

二朗は掠れた声で文句を言うが、嗣仁は後ろから手を伸ばし、無理やり膝を開かせた。

湯船はふたりで浸かっても余裕のサイズで、多少湯がこぼれただけだ。

「おっ、まだ元気だな」

嗣仁はからかうように言いながら、可愛らしいものを直に握り込んだ。

「や、ああっ！」

とたんに、二朗が甘い声を上げる。

けれども触られるのをいやがっているわけじゃない。何故なら、嗣仁が握ったものが、さらに硬度を増したからだ。

「兎がえろいって、やっぱり本当だったんだな、二朗」

嗣仁はゆっくり手を動かしながら、二朗の羞恥を煽《あお》るように、目の前にあった耳に囁きを落とした。

もともと敏感な耳はひくひく動き、それと同時に、刺激を与えている中心もびくりと反応する。

先端を指で探ると、ねっとりと粘性の高い蜜液が滲んでいるのがわかった。

「ああっ、や……っ」

指の腹で先端の窪《くぼ》みを探ると、二朗がたまらなくなったように腰をくねらせる。

呼吸が乱れ、触られる気持ちよさが我慢できないように、身体中が震えていた。

「おまえ、可愛いな」

嗣仁はそう囁いて、薄赤く染まった耳朶に舌を這わせた。

二朗はいっそう小刻みに震え、中心もさらに張りつめさせる。

嗣仁は、すぐには達かせないように加減しながら、二朗の可愛らしいものを煽った。

「やっ、……も、駄目……やだ、よ……」

あれだけ反抗的だった兎が、可愛らしく泣いている。

そう思うと、冷静でいるつもりだった嗣仁のほうも、徐々に興奮してきた。

こいつを俺のものにしてしまうか。

捕まえて、ねじ伏せて、たっぷり犯してやったら、二朗はどんな声を上げるだろう。

妄想に取り憑《つ》かれた嗣仁は、技巧を凝らして二朗を追い込んだ。

「やあっ！」

空いた手で乳首を摘《つま》んでやると、二朗はさらに甘い声を上げながら、びくんと大きく身体を震わせる。

時間をかけすぎると、のぼせてしまうかもしれない。

そう思った嗣仁は手の動きを速めた。

「達きたいなら、達っていいぞ」

「ああっ、やっ、あっ……っ」

バスルームに悩ましい声が響き、嗣仁は手を動かしながら、真っ赤になった耳を口に含んだ。

きゅっと甘噛みしてやったとたん、二朗は呻き声を上げながら、本能のままに腰をぐんと前へと突き出す。そして両足を突っ張らせながら、どくりと精を噴き上げた。

「二朗」

可愛らしい様子に、嗣仁は我知らず優しく呼びかけた。

けれども極めたばかりの二朗は、そのままふわりと背中から倒れ込んでくる。

「おい、二朗？」

嗣仁が呼びかけても答える声はない。頬をぴたんぴたんと軽く叩いても、びくともしなかった。

二朗は極めたと同時に気を失ってしまったのだ。

7

あの虎《とら》だけは絶対に許さない！

二朗《じろう》は固い決意とともに、天杜《あまと》学園へと向かった。

昨日、教室に鞄《かばん》を忘れてしまったので手ぶらだ。通学時間帯は、最寄り駅と学園の間に、シャトルバスが頻繁におおっている。乗り合わせた皆の視線が手ぶらの自分に集まっている気がして、二朗は落ち着かなかった。

しかし実際のところは、誰も二朗に注意など向けていない。突然実施された、昨日の避難訓練の噂で持ちきりだったのだ。

「あれ、訓練じゃなくて、ほんとに外敵が襲ってきたって噂だよ？」

「正門はプロに任せ、裏門は生徒会役員に見張らせ、嗣仁《つぐひと》様がおひとりで戦いに行かれたらしいよ」

「それで、あっという間に敵を片付けてしまわれたって」

「すげぇな。さすがだ」

遠慮がちにひそひそ囁《ささや》く者や、最初から大きな声を出している者、それに高等部だけではなく、中等部に入学したての子たちまで、皆が嗣仁の話題に夢中になっていた。

「だいたい、天杜学園を襲おうなんて、どこの馬鹿だって感じよね」

「ほんとだよ。九条《くじょう》家の嗣仁様がいらっしゃるっていうのに」

昨日避難訓練に名を借りた警戒態勢が解かれたのち、一部の生徒には真相が明かされたらしい。それで、皆がさらに嗣仁の《力》を認めるに至ったというわけだ。

二朗はなんとなく納得のいかない思いだった。

外敵に狙われていたなら、最初からそう言えばいいのだ。事前にわかっていれば、自分だってひとりで帰ろうなんて考えなかった。

ハイエナから助けてもらったことには感謝しているけれど、嗣仁は相変わらず意地悪だった。風呂場であんな悪戯《いたずら》までするなんて、絶対に許せるものではない。

あれほど恥ずかしい思いをさせられたのは、生まれて初めてだ。

無理やり達かされ、挙げ句の果てに気を失ってしまい、二朗はずいぶん時間が経《た》ってから九条家の使用人に送られて帰宅した。

気がついたあと、自分で帰ると主張したのだが、嗣仁に却下されてしまったせいだ。

お陰で兄をひどく心配させてしまうし、他の家族は九条家に迷惑をかけたとすごく恐縮するしで、散々だった。

そんなもやもやが重なって、二朗の中では自らの行動を反省するより、恨みがましい気持ちのほうが上まわっていたのだ。

シャトルバスが学園に到着し、生徒たちはぞろぞろと正門に入っていく。昨日の事件の反省を踏まえてか、門を守る警備員の数が倍に増えていた。しかし生徒たちは実際に危険な目に遭ったわけでもないので、昨日の顚末《てんまつ》を興奮気味に話しているだけだ。

二朗は正面玄関を入り、グランドホールから左手の廊下へと進んだ。天杜学園では校舎内に入る時も、上履きに履き替える習慣はない。

一階の奥にある教室に入っていくと、先に登校していたクラスメイトがいっせいに寄ってきた。

「牧原《まきはら》君！　昨日、危ないところを嗣仁様に助けていただいたって、ほんとなの？」

興奮気味に訊《たず》ねてきたのは小柄な女子生徒だ。女子だけではなく男子生徒も何人か、近づいてくる。

「牧原、おまえ大丈夫だったのか？」

バスでの噂と違って、二朗が当事者だったことをわかっていての質問だ。

大勢に取り囲まれて一瞬怯《ひる》みそうになったものの、昨日嗣仁にされた意地悪を思い出せば、じわりと怒りが込み上げてくる。

「別に、なんでもないよ」

二朗はそう言って、つんと顎《あご》を上げた。

「なんでもないって、おまえ襲われそうになったんだろ？」

「嗣仁様はおまえがいないことに気づいて、単身、助けに行かれたって……」

反論してきた者たちは、すでに事情を知っているようだ。

二朗はちらりと三好《みよし》の姿を探した。

昨日から生徒会に所属することになった三好なら、詳しい経緯を知っている。

クラスを代表する優等生は、二朗の視線に答えるように軽く手を上げて、こちらへと進んできた。

「牧原、怪我《けが》がないとは聞いてたけど、本当に大丈夫だったのか？　ショックも大きかっただろうから、今日ぐらいは休むかと思ってたよ。俺、あとでおまえの家まで様子を見にいくつもりだったんだ」

手回しよく勝手に立てた計画を聞かされて、二朗は我知らず顔をしかめた。

騒ぎになった一番の原因が自分であることはわきまえていたが、それでも過剰に気遣われると、また苛立《いらだ》ちが募ってくる。

三好がすっかり生徒会役員として定着しているふうなのも、胸の奥がざわめく原因のひとつだった。

「俺は別になんともねぇよ。教室に鞄を置きっ放しにしていったのはまずかったと思うけど」

二朗は極力平静を装って答えた。

「そうか。ならいいんだが……」

「それより、三好のほうこそ大変だったんじゃないか？　その……急に生徒会入りしろとか言われたんだろ？　そのうえ、いきなり警備の仕事とかやらされてさ……いやなら、断ればよかったのに……」

二朗がそう仕向けると、三好は珍しく照れたような表情を見せる。

「そりゃまあ、急な展開でぼくも驚いたけど、でも学園を守る役目を与えられるなんて、名誉なことだ。これから大変だなとは思うけど、頑張るつもりだよ」

なんの気負いもなく言い切られて、二朗は複雑な心境だった。

「学園を守る役目って……」

「ああ、それこそ生徒会の重要な務めだろ？」

今さら何をという感じで念を押され、二朗は答える言葉を失った。

生徒会にそんな役割があるとは聞いていない。今まで一年間、毎日のように通っていたのに、何ひとつ知らされていなかったのだ。

弱い兎《うさぎ》は戦力外。

昨日、嗣仁自身にもそう言われていたが、だったら、どうして自分を生徒会に入れたのかと問い質《ただ》してやりたい。

考えてみれば、他の生徒会メンバーは、皆強い本性を持つ者ばかりだ。動物の本性《ほんせい》を持つ者は、この学園の一割にすぎない。その中でも強い《力》を持つ者だけが集められていたのだ。

兎の自分を除いて……。

嗣仁は何故《なぜ》、弱い自分を生徒会に入れたんだろう……？

そんな疑問が脳裏を掠《かす》めたが、答えは最初からひとつしかない。

退屈凌《しの》ぎ——自分を玩具《おもちゃ》にして、気晴らしをするためだ。

嗣仁は最初から悪びれもせずにそう宣言していた。

二朗は唇を噛《か》みしめた。それでも悔しさが収まらず、爪《つめ》が食い込む勢いでぎゅっと両手を握りしめる。

「牧原？　どうかしたか？　やっぱり昨日のショックが続いてるのか？」

基本的にお人好しの三好は、心配そうに顔を覗《のぞ》き込んでくる。

二朗は波立つ気持ちを必死に抑えて笑みを向けた。

「別に大丈夫だって言ったろ？　でもさ、昨日のことで俺、思った。やっぱり俺には生徒会の仕事、無理だよ。三好もメンバーに入ってくれたんだし、これをいい機会にして、抜けさせてもらうように頼んでみる」

「えっ、そんな……だって、おまえは中等部の頃からずっと生徒会に入ってたのに」

三好は黒縁眼鏡の奥の目を驚いたように見開いて、訊ね返してくる。

「だってさ、今までは誰かが襲ってくるなんて、なかったもん。俺、臆病《おくびょう》な兎だから、あんなの絶対に無理だって」

二朗はあまり深刻にならないように、わざと明るい声を出した。

「弱い兎」を強調したので、三好もそれ以上引き留めようとはしない。

だが、結局のところ、自分に対する評価は皆同じなのだと再認識させられて、二朗の気分は果てもなく落ち込んだ。

†

その日の放課後、二朗は三好と連れだって生徒会室に向かった。

「高等部一年の三好です」

三好は律儀にそう名乗ってからドアを開ける。

「ああ、三好か。ご苦労」

「今日は早めに会議を始めるからな」

嗣仁の側近のふたりをはじめ、他のメンバーも三好には気軽に声をかけていく。

けれど、二朗に対するコメントは何もなしだった。

「おはようございます」

二朗は丁寧に挨拶したが、それにも黙って会釈しただけだ。

この扱いは今に始まったことじゃない。彼らにとって絶対的なカリスマ嗣仁がかまっている相手だから、一応の挨拶はしておく。それだけだ。

二朗の胸にはまたもやもやした気持ちが生まれていた。

そんなところへ、さらにそれを増大させる雪代雅《ゆきしろみやび》が姿を見せる。

「あれ、二朗君、君、今日は休むかと思ってたのに」

気やすく下の名前を呼ばれ、二朗はさっと身構えた。

雅は今日も颯爽《さっそう》とした姿で、整った顔には冷笑が浮かんでいる。

「どうして俺が休まなくちゃいけないんだよ？」

二朗はむきになって問い返した。

「だって、君、昨日は嗣仁に散々迷惑をかけただろ？」

「迷惑……」

小馬鹿にするように言われ、二朗は眉《まゆ》をひそめた。すかさず言い返そうと思ったが、すんでのところで堪《こら》える。自分が衝動的に単独行動を取ったことを責められれば、弁解のしようがない。

「雪代、牧原のことは」

険悪な雰囲気を変えようとしてか、三好が声をかけてくるが、雅はそれをあっさり遮った。

「ああ、ごめん。責めるつもりはないんだ。なんと言っても、嗣仁は二朗君を可愛がっているみたいだしね」

調子のいい言葉とともに、とびきりの笑みを浮かべた雅に、三好は何故か頬《ほお》を赤くしている。

けれども、二朗の中で雅のポジションははっきりと確定した。

こいつとは馬が合わない。好きになれない。

「皆、揃《そろ》ったようだから、そろそろ会議を始めるぞ」

二年のメンバーがそう声をかけてきて、三好と雅が長方形の大テーブルに向かう。

それにつられるように、二朗も皆のあとに続いた。

でも、一緒に席に着いてみたものの、居心地の悪さしか感じない。

一年間通い続けた場所だが、こんなふうにミーティングに加わったことは一度もないのだ。

そして何よりも、いつも奥の部屋に二朗を呼びつける嗣仁の姿がないのも気にかかっていた。

感覚を研ぎ澄ましてみたけれど、学園には嗣仁の気配すらもなかった。

あいつ、今日は休みか?

嗣仁はこれまでも、モデルのバイトが入っているとかで学園に顔を出さないことがあった。

今日もそのバイトだろうか……。

意識が嗣仁のことに向いたとたん、彼の姿が脳裏を掠める。

昨日無理やり達かされた時、おかしげに口元をゆるめていた、最悪の顔だ。

二朗はかっと頬を染め、それから強くかぶりを振った。

集まったメンバーは、いざという時に生徒の避難経路をどうするか、昨日の反省を踏まえたうえでの修正案を話し合っている。

だが二朗はその話を、右の耳から左の耳へと聞き流しているだけだった。

†

嗣仁が学園に来ない。

事件の日から、軽く一ヶ月ほど経っても、嗣仁の休みは続いていた。

「嗣仁様、ずっとお休みで、お顔を見られないのが寂しいわよね」

「モデルの仕事でお忙しいんじゃないの？」

「海外ロケとかに、いらしてるのかしら？」

学園内の女子の間ではそんな噂が飛び交っている。

ただし、生徒会のメンバーだけは、これだけの長い不在を誰ひとり不思議に思っていない様子で淡々としていた。

側近にはきっと本人から直接連絡が入っているのだろう。二朗以外のメンバーには、その情報が伝えられているのかもしれない。

この一ヶ月、二朗は真面目に生徒会へ足を運んでいた。放課後になると三好が「行こうか」と声をかけてくるので、断る理由もなく、ほとんど惰性で出席している状態だ。

天杜学園が開校して一年が経過したので、部活の数も増えている。その支援や予算の調整、他にも生徒会が手がける仕事が増えつつある。学園の警備に関しては戦力外の二朗にも、簡単な作業程度なら手伝えることがあった。

その日の放課後、二朗は生徒会室でたまたま雅とふたりきりになった。二朗は大量のコピーを頼まれたので、コピー機の横に立って見張り番。雅はＰＣに向かい議事録の修正作業をしている。

「あのさ、雪代」

「何？」

雅は気軽に手を止めて振り返る。

「嗣仁……いや、その……生徒会長、だけどさ……いつまで休みなのかな？」

自分から仕向けた話なのに、ふいに羞恥《しゅうち》が込み上げ、声が途切れがちになってしまう。

「いつまでって、聞いてないの？」

雅はきれいな顔に、驚いたような表情を浮かべた。

「俺……知らない」

「嗣仁、君には何も言ってこないとか？」

「だから、知らないって」

二朗は苛立ちに襲われ、つい尖《とが》った声を出す。

「ぼくはてっきり、君にも連絡しているとばかり……」

思わせぶりな言い方に、二朗はますます苛立ちを募らせた。

「別にどうでもいいけどな。あいつがいようがいまいが……むしろ、いないほうが、せいせいするし」

我知らず口から飛び出してしまった言葉に、雅がすっと目を細める。

「へえ、そんな言い方していいの？　君、ほんとは嗣仁がいなくて、寂しくて仕方ないんだろ？」

「寂しいって、なんだよ？　言ってるだろ。あんなのいないほうがいいって」

売り言葉に買い言葉。二朗はむきになって言い返した。

すると雅は、急ににこやかな笑みを見せる。

「じゃ、君は嗣仁のこと、好きってわけじゃないんだね？　安心したよ」

「なんの話だよ？」

「君が嗣仁に夢中になってるなら、ちょっと可哀想《かわいそう》だなと思ってたけど……好きじゃないなら、ぼくも遠慮しないことにしようかなと……」

雅がいったい何を言いたいのか、二朗にはよくわからなかった。

でも、何故か心臓が不穏な高鳴り方をしている。

「夢中って、……どういうこと？」

二朗は唇を震わせながら訊ねた。

雅は椅子《いす》に腰かけたままで半身を乗り出し、じっと見上げてくる。そうして大きくため息をついた。

「嗣仁は誰よりもかっこよくて、誰よりも強い。そんな嗣仁に、君はずっと可愛がられてたんだろ？」

「お、俺は別に可愛がられてなんかいない。嗣仁……生徒会長は、俺をからかって遊んでるだけだ。俺を無理やり生徒会に入れたのだって、あいつだし」

「だ、か、ら、それを可愛がられてるって言うんだよ。悪いけど、君には特別なスキルもなさそうだし、本性だって兎だろ？　この前の騒ぎでわかったと思うけど、ここの生徒会は、他の学校にはない大事な役目を負っている。もちろん本性の《力》だけ強ければいいってものじゃない。他にも色々とやるべきことがあるからね。だけど、君はコピー取りぐらいしかできないんだろ？」

今の二朗の立場を思い知らせるように、雅はすっと顎をしゃくる。

二朗は何も言い返せず、唇を噛んだ。

「はっきり言って、君を生徒会に置いておくメリットは何もない。だけど、嗣仁は君をそばに置いている。君は嗣仁に特別扱いされてるってことだ。嗣仁にあれだけ優しくされてて、何も感じないなんておかしいんだよ。もしかして、君ってすごく鈍いんじゃないの？　それか、よっぽど子供なのか……」

二朗は大きく胸を波立たせた。

鈍いとか子供とか、散々な言われようだ。しかし批難に対する怒りより、戸惑いのほうが大きかった。

それに今になって、雅が口にした他の言葉も気になってくる。

可哀想とか、遠慮しないことにするとか、それはいったいどういう意味だろう？

ぼーっとして反応の薄い二朗に呆《あき》れたのか、雅がかすかに肩をすくめる。

「とにかく、君は自分の気持ちをもう一度よく考えてみたほうがいいよ。だけど、それとは別に断っておくけど、ぼくは嗣仁が好きだから。もちろんただの好きじゃないよ？　嗣仁に恋してるってこと」

「こ、恋してる？　で、でも、あいつは男なのに」

二朗は呆然《ぼうぜん》と呟《つぶや》いた。

雅はどうしようもないといったように、ゆるく頭を振りながらため息をつく。

「男同士で恋愛するの、今じゃ珍しくもないだろう？　それとも、君はそういうことに偏見持つタイプ？　だとしたら最低だね」

「べ、別に偏見とかはない」

「それじゃ、ぼくが嗣仁を好きだってことだけ覚えておいて。君に負けるつもりもない。嗣仁は絶対に落としてみせるから」

まるで自分をライバルとして見ているみたいな宣言だ。

二朗は何を言っていいか、とっさには言葉も出なかった。

雅のほうは、これで話は終わりだとばかりにPCに向き直る。

二朗はその場でしばらく突っ立っているだけだった。そしてコピー機から紙詰まりの異音がして、初めて我に返ったのだ。

†

翌日の午後。

二朗は家のリビングで、白Tシャツに膝下《ひざした》までの長さのスウェットパンツという楽ちんだけが取り柄のスタイルで、まったりとアニメの録画を見ていた。両親は親戚の家を訪ねて留守。兄とふたりだけの昼食を終えてまもなくのことだ。

昔住んでいた天杜村の古い家は、よく言えば広々。悪く言えば、がらんとして寒々しい感じだったが、今の家は部屋がかなりコンパクトだ。

天杜村では、冬の夜トイレに行くのは決死の覚悟だったが、今は何もかもが手近にあって便利だ。そして二十畳ほどのフローリングのリビングは、眠る時以外、一番長く過ごす場所でもある。

「二朗、おまえの携帯、鳴ってるぞ」

一朗《いちろう》にそう促され、二朗はのっそりソファから立ち上がった。

食事用のテーブルに置いておいた携帯が、着信音とバイブ音を同時に響かせている。

「誰だろ？」

二朗は何気なく呟いて、携帯を手に取った。

だが、ディスプレイに表示されたのは、登録外の知らない番号だ。

変な営業電話だったらいやだから、無視しようかとも思ったが、とりあえず出てみることにする。

『何してる。遅いぞ』

いきなり聞こえてきたのは、嗣仁の声だった。

ドキンとひときわ大きく心臓が鳴る。

「な、なんであんたが俺の番号知ってるんだ？」

『どうでもいいだろ、そんなことは。とにかく、おまえのところに迎えをやった。十分ぐらいでそっちに着く』

「いったいなんの話だよ?」

二朗は噛みつくように問い返した。

『すぐに俺のところへ来い。途中で迷子になられちゃ困るからな。うちの車を迎えにやった』

「待ってくれよ。俺に九条家の屋敷に来いって言ってるのか?」

『ああ、そうだ』

「お、俺、いやだ。行かない」

二朗は焦り気味に断った。

『これは命令だ。おまえに選択の余地はない』

「ちょっと、何勝手に決めてるんだよ? 俺、いやだって」

必死に言い返したのに、嗣仁は無情にも携帯を切ってしまう。

久しぶりに声を聞いて、まだ心臓がドキドキしている。けれども一方的な命令には、やっぱり従いたくなかった。

「どうかしたのか、二朗?」

兄の一朗が心配そうに訊ねてくる。

いつも優しい兄の顔を見て、二朗はほっと息をついた。

「九条の嗣仁……車を迎えをやったから屋敷に来いって」

「九条家に？」

兄は訝《いぶか》しげに首を傾《かし》げる。

「うん、あいつ横暴だから、命令に逆らうとあとが怖いんだ。悪いけど、兄貴も一緒に行ってくれない？」

二朗はふいに思いついて、頼み込んだ。

ひとりで来いとは命じられていない。それに命名者の兄は、二朗にとって一番の味方だ。

しかし肝心の一朗は、ゆるく首を振る。

「悪い。ぼくはこれから出かけるところがあるんだ」

「どこへ？」

「いや、ちょっとね」

はっきりと行き先を言わない兄に、二朗は眉をひそめた。

そういえば、このところ兄は暗い表情をしていることが多い。

「兄ちゃん、何かあったの？」

二朗は思わず、昔と同じ呼びかけをしながら訊ねた。

一朗はぽんと二朗の頭に手を置く。

「おまえが心配するようなことは何もないよ。ちょっと先輩のところへ相談に行ってくるだけだから」

「相談って何？」

「大学のことさ」

一朗はそう言って、笑みを見せる。

なんとなく誤魔化《ごまか》されたかなと感じたが、それ以上しつこく訊ねることはできない雰囲気だった。

そうこうしているうちに、来客を知らせるチャイムが鳴る。

「あっ、来た」

「九条家の迎えの人かな？」

「俺、行きたくないよ」

二朗は後ろで手を組み、駄々をこねるように身体を左右に振った。

しかし、それぐらいで厳格な兄が許してくれるはずもない。

「おまえ、その格好じゃ出かけられないだろ。ぼくが応対するから、その間に急いで着替えるといい」

「俺、行きたくないって」

「二朗」

兄に厳しい声を出され、二朗は仕方なく着替えのために自室に向かった。

†

スウェットをジーンズに替え、Tシャツの上から同じデニムのジャケットを羽織った二朗は、黒塗りのリムジンの後部席に収まって九条家へと向かった。

出がけに兄が困ったように眉をひそめていたのは、もっときちんとした格好をしていけと言いたかったのだろう。

子供っぽいやり方かもしれないけれど、普段着で出かけるのは、せめてもの抵抗だった。

嗣仁に会うのはずいぶん久しぶりになる。

でも行き先が九条家の屋敷だからか、嗣仁の手で達かされた時のことを思い出してしまう。かっと羞恥が湧いてきたが、二朗は無理やり平気な振りを装った。

次の日に文句を言ってやろうと思っていたのだ。それが一ヶ月延びたと思えばいいだけだ。よし。今日こそきっちり抗議してやる！

絶対に負けないからな！

二朗は胸の内でしっかりと気合いを入れた。

週末のせいか、リムジンは渋滞にも遭わずに閑静な屋敷町に到着する。高い塀で囲まれた九条家の屋敷は、中でも一番の威容を誇っていた。

正門が自動で左右に開き、リムジンは静かに邸内へと入っていく。

玄関に横付けされた車から降りると、とたんに緊張の度合いが高まった。

城の殿様に呼び出された平民の気分とは、こんな感じだったかもしれない。

「こちらへどうぞ」

黒スーツを着た厳《いか》つい顔つきの使用人が出てきて、二朗を奥へと案内する。ハイエナに襲われた時にも見たことのある男だ。

本当は嗣仁に会う前に、なんの用事か探りたいところだが、男は気やすく話しかけられるようなタイプではない。

「嗣仁様、お客様をお連れしました」

閉ざされたドアの前で、男が声をかける。

「入れ」

嗣仁の答えを待って、使用人はドアの取っ手に手をかけた。

「どうぞ、お入りください」

そう促され、一歩前へと進んだ二朗は、嗣仁がこちらへと歩いてくる姿を見て、反射的に身をすくめた。

久しぶりに虎の《気》を浴びて、全身が総毛立った。

兎に変化して逃げてしまいたくなるのを、二朗は必死に堪えた。逃げても無駄なことは、いやというほどわかっている。

「やっと来たか、二朗」

意外なことに、嗣仁は気やすく声をかけてくる。

端整な顔には優しげな笑みまで浮かんでおり、二朗はほっと息をついた。

しかし、嗣仁の眩《まぶ》しさときたら、目を眇《すが》めてしまいたくなるほどだ。脱色とカラーリングをうまくミックスした髪に、無地の白Tシャツに黒のスリムなパンツ、上に軽く羽織っているブルゾンも黒というスタイルだ。胸元にシルバートップのネックレス、右手の中指にもシルバーの指輪をつけている。

制服姿とは違い、私服の嗣仁は本当にファッション雑誌から抜け出してきたかのようにかっこよかった。

二朗が我知らず見惚《みと》れていると、近くまできた嗣仁がすっと頬に触れてくる。

「どうした？　久しぶりで俺様に見惚れているのか？」

そんなことを言いつつ、にやりと笑った嗣仁に、二朗ははっと我に返った。

「何言ってんだ。俺が男に見惚れるなんて、あり得ないだろ」

強気で言ったものの、本当は心臓がドキドキしている。それに、二朗は頬も少し赤くなっているのを自覚した。

「相変わらず元気いっぱいだな。とにかく、座れ。久しぶりなんだ。色々話をしよう」

嗣仁はそう言って、立派なソファを指さす。装飾が派手というわけではないが、ホテルのスイートルームに据えられていてもおかしくないデザインと大きさだ。

だが二朗はちらりと見ただけで、嗣仁に視線を戻した。

「用事はなんだよ？　俺、忙しいんだ。あんたとゆっくり話してる暇はない」

できるなら、このまますぐに帰りたい。

それが偽りのない気持ちだった。

「おまえは本当に嘘つきだな。俺が姿を見せないせいで、ずっと寂しい思いをしてたんだろ？」

「そ、そんなわけあるかっ！」

二朗は思わず大きな声を出す。

すると嗣仁は、くくくっと腹を抱えて笑い出す。

「なんだよ。何がおかしいんだよ」

いきなり笑われて、二朗はぶすりとなりながら問い返した。

「いや、おまえの反応が素直すぎて、笑いが止まらなかった。おまえは本当に寂しかったんだな」

「俺、そんなこと言ってないだろ」

二朗はむきになって続けたが、嗣仁はまったく意に介さないように肩に手を回してくる。

「ま、いいから座れ」

結局はソファまで誘導され、二朗は仕方なく腰を下ろすことになった。

「俺を呼び出して、いったいなんの用事だよ？」

改めて訊ねると、嗣仁は意外なことを口にする。

「おまえのことは、逐一報告させていた」

「報告？」

「ああ、そうだ。おまえ、俺がいなくても、毎日生徒会室に通ってきてたそうじゃないか」

「そんなの別に、あんたがいるとかいないとかに関係ない話だろ。それに、俺のことスパイさせてたなんて、やり方が陰険だ」

二朗は顔をしかめて弾劾した。

他の生徒会メンバーは、皆が嗣仁の動向を知っている様子だった。何も知らされていなかったのは自分だけだ。それなのに一方的に報告を受けていたなんて、むかつく話だ。

「俺が陰険だと？　何を言ってる」

「だって、俺のこと、こそこそと探らせてたんだろ？」

「おまえな……まったく」

嗣仁はそこで大きくため息をついた。まるで二朗のほうが悪いことをしているかのような態度だ。

二朗はなんとなく落ち着かない気分になった。

怒っていいのはこちらのはずなのに、何故か不安まで感じ始めてしまう。

「みんな、あんたがいないこと知ってた。でも、俺は知らなくて、なのにあんたは俺のこと報告受けてたって、……そんなの不公平だろう」

深く考えるまでもなく言葉が出てしまい、二朗はそのあと慌てて首を左右に振った。

「別に！　俺があんたのこと気にしてたってわけじゃないからな！　間違えるなよ？　俺は怒ってるんだからなっ！」

「ふうん、おまえは怒ってるのか……俺がおまえをほったらかしにしてたって、怒ってるんだ」

「え？」

話がおかしな方向にずれ、二朗は思わず横を向いた。

すると、嗣仁のきれいな顔がやけに近くにあって、ドキリとなる。しかも嗣仁は、にっこりと極上の笑みを浮かべていたのだ。

「三十五日間だ」

「三十五日……？」

「俺が不在だった日数」

低く囁くように言われ、心臓がますます高鳴ってくる。

「あんたは、学校休んで……何してたんだよ？」

二朗は操られたかのように訊ねていた。嗣仁のことを気にしていたなんて、知られるのは悔しいはずなのに、口をついて出てしまったのだ。

「色々とな」

嗣仁はにやりと余裕の笑みを見せて答える。

「色々？　モデルの撮影で？」

「まあ、な……」

「学校のみんなが、あんたは海外に行ってるって噂してた」

「その推測は当たりだ。ヨーロッパ、ロシア、北米……あちこち回ってきた。アフリカにも行ったな」

「それじゃ、世界中じゃないか。いったいどんな撮影だよ？」

二朗は感心したのをとおり越し、呆れてしまった。

「雑誌とカタログ。でも撮影だけじゃなくて他にも色々とな」

嗣仁の言葉に、二朗は眉をひそめた。

留守中、他の者とはまめに連絡を取っていたのに、自分には今に至っても詳しい説明をする気はない。

そう言われている気がして、二朗の胸にはまた怒りが沸々と湧《わ》いてくる。

「別に、あんたが何をやっていようが、どうでもいいよ。俺、興味ないし」

ぶすりとした調子で言ったとたんだった。

「ほお、どうでもいいだと？　……そういえば、おまえは、俺がいないほうがせいせいするとか、言っていたそうだな」

低い囁きに、二朗は背筋が冷たくなるのを覚えた。

嗣仁は明らかに機嫌が悪くなっている。

「あいつ……もしかして、雅のやつが告げ口したのか？」

怒らせるのは怖い。そうわかっていたけれど、二朗は追及を止められなかった。

自分は何も知らなかったのに、雅とは昨日も連絡を取っていた。それがわかって、少なからずショックだった。

「雅は告げ口したわけじゃない。俺が訊《き》いたことに答えただけだ」

嗣仁は雅を庇《かば》うような言い方をし、二朗はますます気分が悪くなった。

内容がどうだろうと、連絡を取り合ったことに変わりはないのだ。

「なんだよ、ふたりして俺のことを馬鹿にしてたんだろ？　あんたが雅を気に入ってるのは知ってるよ。なのに、なんで俺を呼びつけるんだよ？　遊んでもらいたいなら、雅を呼べばいいじゃないか」

二朗は思わず言い募った。

だが嗣仁は、いきなり肩を抱き寄せてくる。

「帰国して一番におまえの顔を見てやろうと思ったのに、気に入らないのか？」

「なん、だよ……」

「おまえは何もわかってないな。仕方ない。馬鹿なおまえにもよくわかるようにしてやろう」

嗣仁の声が一段と低くなり、二朗はびくりと震えた。

いつの間にか嗣仁の腕の中に閉じ込められるような格好になっていた。いやな予感がしたけれど、逃げ出すにはもう遅かった。

「お、俺……もう帰る……から……っ」

「帰る？　今さら逃げられるとでも？」

嗣仁はそう言いながら、長い指で喉元《のどもと》をなぞり上げてきた。

思わず身体《からだ》を緊張させると、今度は耳に口まで寄せてくる。

「この前のこと、覚えてるか？」

熱い息が耳にかかり、二朗はひくりと喉を上下させた。

嗣仁が言うのは、前にこの屋敷に来た時のことだ。恥ずかしい顛末《てんまつ》が一瞬で脳裏に蘇《よみがえ》り、かっと頬が熱くなったが、そうと認めるわけにはいかない。

「こ、この前って、い、いつの話だよ？」

二朗は必死に問い返した。

「とぼけるつもりか？　だが、耳が赤くなってるぞ」

「え？」

「おまえの耳は素直だからな。おまえが知らんぷりをしても、おまえの耳は、ちゃんと俺のことを覚えているはずだ。そうだろ?」

嗣仁はそう囁いて、ぺろりと二朗の耳朶《じだ》を舐《な》めた。

「ひゃ……っ」

一番の弱点にそんな真似をされてはたまらない。

二朗はひゅっと首をすくめた。

「さあ、思い出したか?」

「やっ、知らない……っ」

「それじゃ、しっかり思い出せるようにしてやろう」

頬を両手で挟まれ、くいっと嗣仁のほうを向かされる。

「え? ……あ……ん、くっ」

いきなり口を塞《ふさ》がれて、二朗は目を見開いた。

キスされている!

そうわかっても、とっさには抵抗することもできなかった。

温かな唇が押しつけられ、思わず息を吸い込んだ時、するりと舌まで口中に入ってくる。

「んんぅ……んっ」

嗣仁の舌がいやらしく絡みつき、二朗はどうしていいかわからなかった。

唾液《だえき》が混じり合い、蕩《とろ》けるような甘さを感じる。

口を吸われているだけなのに、何故か身体中が痺《しび》れてくるような気がした。

嗣仁は二朗の頭に手を回し、さらに深い角度で口づけてくる。

「ん……ふ、く……んぅ」

二朗は息が苦しくなって、必死に胸を喘《あえ》がせた。

こんなことをさせておくわけにはいかない。しっかり押し返して逃げなくては……。

頭ではそう思うのに、二朗の手は嗣仁の胸を押すところか、勝手にTシャツを握りしめてしまう始末だ。

頭がぼーっとして、身体の芯が徐々に熱くなってくる。

「ふ、……く……っう」

二朗は抵抗するどころではなく、嗣仁のキスに身を任せるだけになった。

そのうち、嗣仁は二朗の背中を抱き、ソファに押しつけてくる。散々貪《むさぼ》られ、ようやく唇が離れた時、二朗は完全にソファの上で寝かされた状態だった。

嗣仁は上からじっと見つめてくる。

二朗は顔を真っ赤にしながら横を向いた。

キスの気持ちよさに流されてしまった自分が恥ずかしい。嗣仁は自分をからかっただけ。

それがよくわかっているから、よけいに恥ずかしかった。

「もう、いいだろ」

どうしようもなく、ぶすっとした調子で言うと、嗣仁がふんと鼻で笑う。

「少しは素直になったかと思えば、まったく……いい加減認めたらどうだ？　俺様にキスされて、気持ちよくなってしまいました、ってな」

「な、何言ってる？　そんなわけあるかっ！」

夢中で叫んだせつな、ふいに嗣仁の手が二朗の下肢に当てられた。

「キスだけで、ここを大きくしておいて、よくそんな口がきけるな」

「ああっ！」

ジーンズの上から膨らみを押さえられ、二朗は思わず叫び声を上げた。

身体が熱いことは自覚していたけれど、まさか変化までしていたとは思わなかった。

これでは言い訳などしようがない。

うろたえた二朗は激しく身体をよじった。

勢いでソファから転げそうになったが、一瞬早く嗣仁の腕で抱き留められる。

「おっと、いきなり暴れるな」

「は、放せよ……っ、……お、俺、帰る……もう帰るから……」

二朗は泣きそうになりながら訴えた。

「ここをこんなにしたままで帰れると思うのか？」

「だ、だって……あんたがあんなこと、するからだ」

「俺がなんだって？」

嗣仁は意地悪く目を細めて訊ねてくる。

「あ、あんたが……キスなんか、するから……」

「そうか、俺がキスしたから、ここがこんなになったと……ようやく認めたな」

「うぅ……」

言質《げんち》を取られた形で、二朗は頬を真っ赤にしながら黙り込んだ。

嗣仁はにやりと笑いながら、人さし指で二朗の唇に触れてくる。

もう一方の手は再び下肢に向かっていた。

「俺のせいだと言うなら、始末するの手伝ってやろうか？」

「な、何言ってんだ？　し、信じられない」

仄《ほの》めかされた内容に、二朗は焦って首を左右に振った。

「なんだ、その言い草は……初めてでもないのに、恥ずかしがっているのか？　俺の手で気を失うほど気持ちよくなったのを、まさか覚えてないとか言わねぇよな？」

「やだ……」

「いやだと？　そんなわけあるか。あの時と同じようにしてやろうと言うのに……」

嗣仁は余裕の笑みを浮かべ、二朗の耳朶に触れてきた。

くすぐるように撫《な》でられると、耳がひくひくと震える。

嗣仁はそれを面白がって、顔を伏せ、耳の端をぺろりと舐めてきた。

「やっ……」

二朗はひときわ大きく震えた。

それと同時に身体中の血液が一気に沸騰したような感覚に襲われる。

「やっぱり兎はえろいんだな。耳を舐めたぐらいで、またここが元気になったぞ？」

嗣仁はわざわざ二朗に思い知らせるように、ジーンズの上から中心を撫でる。

「あっ……」

たったそれだけのことで、二朗は鋭く息をのんだ。腰も一緒に大きく突き上げてしまう。

嗣仁は満足げに口角を上げ、ジーンズのボタンに手をかけてきた。

二朗は懇願するように見つめたが、暴君は許してくれそうもない。

「目がうるうるだな。そうやって大人しくしとけばいいんだ。さあ、邪魔なもんは脱いでしまえ。おまえの裸など珍しくもない。何回も見ている」

ジーンズを脱がされ、下着も足首まで下ろされて、二朗は観念した。

暴れたって、虎には勝てっこない。

嗣仁は暴君だけど、ひどいことをされたわけでもない。死ぬほど恥ずかしいのを我慢していればいいだけだ。

二朗はその羞恥を堪えるために、ぎゅっと両目を閉じた。

しかし視界が暗くなると、逆に感覚が鋭くなる。嗣仁の手の動きが驚くほどリアルに感じられて、二朗はよけいに焦りを覚えた。

中心は今にも達きそうなほど張りつめている。そこを大きな手で包まれると、いちだんと強い快感に襲われた。

「ああっ……あ、う」

「ずいぶん気持ちがよさそうだな」

「ち、違う」

首を左右に振っても、嗣仁はまったく信じていないように、手にしたものを弄《もてあそ》ぶ。くびれをくすぐるようになぞられ、先端の窪《くぼ》みも指で刺激されると、もうたまらなかった。

「やっ、ああ……っ」

二朗は我慢できずに腰をよじった。

嗣仁は幹を根元からするりとなぞり、そのあと手を離してしまう。

「あ……」

中途半端に刺激されただけで放り出され、二朗は思わず閉じていた目を見開いた。

意外なほど間近に嗣仁の端整な顔があって、息をのむ。

「どうした?」

「や……」

「してほしいことがあるなら、素直に言ってみろ」

「やっ」

二朗はふるふるとかぶりを振った。

最後まで達けるようにしてほしいなんて、口が裂けても言えない。

だが嗣仁は深く追及はせず、デニムのジャケットに手をかけてくる。

「これは邪魔だ。脱げ」

短く命じられ、二朗は仕方なく従った。

ジャケットも脱がされると、下半身は剝《む》き出しで、上にTシャツを着ただけという心許《こころもと》ない格好になる。なのに嗣仁は、そのTシャツの裾《すそ》まで捲《まく》り上げてきたのだ。

「な、なんだよ？　Tシャツぐらいいいだろ？」

我知らず抗議すると、嗣仁はにやりと意地悪そうに口角を上げる。

「裸になるのは恥ずかしいのか？　上だけ隠したって無駄だと思うが」

指摘された二朗は、かっと頰を染めて横を向いた。

嗣仁の部屋のソファで横になり、だらしなく下半身を剝き出しにしている。それがどんなに恥ずかしいかは、いちいち言われるまでもないことだ。

けれども嗣仁の手で再び、熱く張りつめたものを握られると、もう他のことは気にしていられなくなった。

「ああっ……、あっ、や、あ……うぅ」

強弱をつけてリズミカルに刺激されると、すぐに上り詰めてしまいそうになる。

嗣仁は腰をよじって身悶《みもだ》える二朗を、上から余裕で眺めていた。

「やっと可愛らしい声を出すようになったな。それなら、こっちはどうだ？」

言葉とともに、空いた手をTシャツの裾から中に入れられる。

するりと素肌をなぞられ、そっと嗣仁は胸の突起に触れてきた。

きゅっと先端を摘《つま》まれただけで、鋭い快感が突き抜けていく。

「やあ、あっ……！」

二朗はひときわ高い声を上げながら、腰を前に突き出した。

我慢できず吐き出してしまいそうになったのに、嗣仁がすかさず根元を押さえてくる。

「まだだ。我慢しろ」

「ひ、ひどい……」

「ひどいってなぁ、これぐらいで達ってしまうのはもったいないだろ？」

「な、なんだよ」

「もっと色々楽しまないと」

嗣仁はそう言いながら、Tシャツの裾をたくし上げた。

何をされるのかと目を見開いているなかで、嗣仁がゆっくり顔を伏せてくる。

つんと尖った場所に、濡《ぬ》れた感触が張りつき、二朗はびくっと震えた。

ねっとり舌を這《は》わされたのは乳首だった。さっき指で摘まれただけで、すごく敏感になっている。そこを狙ったように舌で転がされ、二朗はびくっびくっと連続して身体を震わせた。

「あ……あぁ……あっ」

触れられているのは乳首なのに、身体の奥で何か得体のしれない疼《うず》きが生まれる。熱くじっとりしたそれは、じんわりと広がって、下肢まで反応してしまう。

「やっ、そんなとこ、舐めるな……っ！」

「じゃ、吸ってやろうか？」

「え？　……ああっ！」

言葉どおり過敏になった先端を、ちゅるりと吸い上げられる。

二朗は必死に嗣仁の頭を押さえ、自分の胸からどかそうとした。けれども、それを拒むように、きゅっと歯を立てられる。

「やあ、あっ」

必死に首を振っても、嗣仁の愛撫《あいぶ》はやまない。

刺激されるたびに、身体の奥の疼きが強くなって、二朗は身をくねらせるだけになった。

下肢には触られてもいないのに、もう吐き出す寸前まで張りつめている。

このままでは恥ずかしいことに、胸を弄られただけで達してしまうかもしれない。

でも嗣仁は意地が悪く、二朗の反応を見て愛撫を加減する。強い刺激に耐えられなくなると、今度は優しく先端を舐めるだけだ。そうして指と口で左右交互にたっぷり乳首を弄られた。

達したいのに達けない。

嗣仁はそのタイミングを絶妙に見極めつつ、愛撫を施す。

「いやだ……もう、……やだよ」

二朗は我慢できず、甘えるように泣き声を上げた。

するとようやく嗣仁が乳首から口を離す。

「何がいやだ？　ん？」

「や……胸、も、やだ……」

「胸がいやなら、どうする？」

「あ……」

二朗は思わず息をのんだ。

ちゃんと達けるように触ってほしい。

だけど、そんな恥ずかしい台詞《せりふ》は口が裂けても言えなかった。

「さあ、どうした？　ちゃんと言ってみろ」

嗣仁は子供を宥《なだ》めるように頭を撫でてくる。

いつになく優しげに見つめられ、二朗はとうとう本音を口にした。

「い、達きたい……」

「だから、どうしてほしい？」

とろりとそそのかすように訊ねられ、二朗はついに言葉を迸《ほとばし》らせた。

「さ、触って！　胸じゃないとこ」

言ったとたん、嗣仁がにっこりと笑みを浮かべる。

我知らず見惚れてしまいそうになる、極上の微笑《ほほえ》みだった。

「よし。素直になったご褒美だ。うんと気持ちよく達かせてやる」

嗣仁はそう言ったかと思うと、二朗の足元のほうに身体をずらす。

太腿《ふともも》の間、かなり際どいところに手を入れられ、二朗の胸は期待に高まった。

恥ずかしげもなく張りつめたものが、ふるりと揺れる。

だが、思いがけないことが起きたのは、次の瞬間だった。

嗣仁の手に握り込まれたものが、ねっとりと温かな感触で包まれたのだ。

「あ……くっ……ぅ」

二朗は信じられずに、くぐもった呻《うめ》きを漏らしながら目を見開いた。

嗣仁が、学園のカリスマが、あろうことか自分の中心を口で咥《くわ》えている。

これは目の錯覚だ。そんな馬鹿なことがあるわけない。

二朗はそう否定しようと思ったが、圧倒的な快感は現実だった。

「やあ……っ、あ、あっ、あっ……くっふぅ……うぅぅ」

あまりの気持ちよさに涙が溢《あふ》れる。

嗣仁は根元をしっかり手で押さえて、二朗がすぐには達けないように加減しながら口淫《こういん》を続けた。

温かく濡れた場所に迎え入れられているだけでもすごく気持ちがいいのに、嗣仁の舌が巻きついてくる。舌先で筋を擦《こす》られ、先端の窪みも刺激される。

深く咥えられて、ちゅうっと吸い上げられると、もう我慢は利かなかった。

「あっ、ああっ……や、あ……ああぁ――っ！」

二朗は我知らず腰を突き上げて、限界を訴える。

嗣仁の髪に夢中で指を差し込み、大きく背中を反らして身悶えた。

なのに嗣仁は口での愛撫を続けながら、先ほどまで弄っていた乳首にも手を伸ばしてくる。

「やあ、あ……うっ、うぅ」

両方同時に刺激されると、頭がおかしくなりそうなほど気持ちがよかった。

「やっ、もう駄目……ぇ、うぅ、やっ……達く……達きたい……やっ、あぁぁ、く、口、放して……あっ、ああ……」

もう羞恥など感じている余裕はない。

二朗は連続して甘い声を上げながら、小刻みに身体を震わせた。

必死の願いが叶《かな》えられ、根元に当てられていた指がゆるむ。

そして堰《せ》き止められていた熱い奔流が、ドクッと音を立てる勢いで溢れ出す。

圧倒的な快感に支配された二朗は、自分が嗣仁の口に欲望を吐き出したことにさえ気づいていなかった。

8

二朗は悶々《もんもん》とした日々を過ごしていた。

九条家の屋敷に呼び出されて以来、気の休まる暇がなかった。

生徒会には真面目に通っている。あんなことがあったからといって、嗣仁を避けるのは負けを認めたようでいやだ。

あれぐらいのこと、自分は気にしていない。

そんなポーズをつけるためにも、悩んでいる姿を見せるわけにはいかなかった。

ただ、ふとした拍子に嗣仁の姿が視界に入ると、今まで以上にドキリとなってしまう。

嗣仁のほうには、もちろんなんの変化も見られない。長い間不在だったにもかかわらず、生徒会のすべてを牛耳っているという雰囲気だ。

しかし、前とは大きく違うこともあった。

二朗は奥の部屋に呼ばれなくなったのだ。

これは自分にとって歓迎すべき変化だ。

二朗はそう思っていたが、胸の奥にはもやもやとしたものも残っている。何故なら、二朗の代わりのように、雅が毎日奥の部屋に呼ばれているからだ。

雅は最初から、嗣仁が好きだと宣言している。だから、これは雅にとって、とてもいい展開だろう。

自分だって、煙たく思っていた嗣仁から離れていられるのだから、いいこと尽くしだ。

しかし、そう思う一方で、二朗は奥の部屋が気になって仕方なかった。

嗣仁は、自分にしたようなことを、雅にもするのだろうか？

キスして、それからえっちなことをして……。

想像しただけで、かっと頬が熱くなる。そして何故か、胸の奥がぎりぎりと絞られたように痛くなった。

「おい、牧原。おまえ、風邪でも引いたのか？　顔が赤いし、手も止まってるぞ」

先輩のひとりにそう声をかけられて、二朗ははっと我に返った。

近く行われることになっている生徒総会用の小冊子を作成中で、二朗はホチキス止めを請け負っていた。その作業が先ほどからまったく進んでいなかった。

「牧原、具合が悪いなら、早めに帰ったほうがいいよ。ぼくが牧原の分もやっておくから、大丈夫だぞ？」

大テーブルの向こうから、三好もそう声をかけてくる。

二朗は慌てて首を左右に振った。

「俺、別に風邪なんか引いてない。ちゃんと仕事するから」

元気いっぱいといったところを見せるため、二朗は右手で拳《こぶし》を作った。

だが、隣から別の先輩がこっそり耳打ちしてくる。

「牧原、元気を出せよ。今はつらいかもしれないが、嗣仁様は、おまえを見捨てられたわけじゃないからな」

含みのある言葉に、二朗は目を見開いた。

心が奥の部屋に向かっているのを最初から見透かされている。しかも、嗣仁に捨てられた自分を慰めてやろうという言い方だ。

二朗は、気紛れで可愛がられていただけの弱い兎。嗣仁の関心は、優美で強い豹《ひょう》に移り、ただの兎は捨てられた。

きっと生徒会メンバーのほとんどはそういう見方をしているのだろう。生徒会では新参で、気のいい三好を除き、皆が自分に同情を寄せている。

慰めなんていらない。嗣仁に呼ばれなくなって、かえってせいせいしているくらいだから。

本当はそう言い返したかった。

でも、できなかったのは、自分でもわかっていたからだ。

嗣仁の関心はすでに雅に移っている。あの日、自分を屋敷に呼びつけたのも、本当はそれを言うためだったのかもしれない。

だから、最後だと思って、あんな真似までして……。

悔しさと惨めさがない交ぜになり、二朗はきゅっと唇を噛みしめた。

そんな時、ふいに奥の部屋のドアが開き、その嗣仁自身が姿を見せる。

「嗣仁様、お話はお済みですか?」

すかさず側近のひとりが立ち上がり、そばまで歩を進めていく。まるで帝王に仕える臣下のような態度だ。

「話は終わった」

嗣仁はそう言って、ゆっくり二朗のいるテーブルへと近づいてきた。

二朗は気づかない振りを装って、ホチキス留めに精を出す。

「感心だな。真面目に働いていたのか?」

嗣仁は他の誰でもなく、二朗だけにそう声をかけ、ぽんと頭に手を乗せた。

「俺にできるの、ホチキス留めぐらいだから」

二朗は頬を強ばらせながらも、ぼそりと答える。卑下しているわけでもなんでもなく、本当のことだからだ。

「ま、おまえに難しい仕事は無理だろ」

あっさり肯定されると、よけいに惨めさが募る。

だが嗣仁は眉をひそめた二朗を宥めるように、髪の毛を掻《か》き混ぜてきた。

「その仕事、いつまでかかる?」

二朗の前には百部ほどの小冊子が積み上げてあった。中綴《なかと》じできっちり仕上げるには、まだ少し時間がかかる分量だ。

嗣仁は二朗がそう答える前に、側近を振り返る。

「おい、ホチキスもうひとつあるか？」

「あ、はい！　すぐにお持ちします」

声をかけられた側近は泡を食ったように、文房具類を仕舞ってある棚まで走った。

まさかと思って見ていると、すぐにホチキスが届けられ、嗣仁が隣に腰を下ろす。

「これぐらい俺ひとりでできる。あんたに手伝ってもらう必要はない」

本当はびっくりしたのと一緒に、嬉しさも感じていた。でも、やっぱり二朗は意地になってしまう。

まわりでも、皆があっけにとられたように様子を見守っていたが、二朗の隣に陣取った嗣仁は、知らぬ顔でホチキス留めを始めた。

ちらりと様子を窺《うかが》うと、二朗よりよほど手先が器用らしく、次々と小冊子が綴じられていく。

それを見ているうちに意地を張っていたことが馬鹿らしくなり、二朗はふうっと息をついて自分の作業に戻った。

さすがにふたりでかかったので、予定していた分の小冊子がすぐに出来上がる。

ダンボールにそれを詰め込んで、今日の仕事は終了だった。

二朗はほっと肩の力を抜き、嗣仁に向き直った。

「あ、ありがとう」

ぎこちなく礼を言うと、嗣仁がふっと口元をゆるめる。

「それじゃ、たまには一緒に帰るか。仕事を頑張ったご褒美に、デートぐらいしてやろう」

「え？」

二朗は何を言われたのかわからず、一瞬きょとんとなった。

嗣仁は相変わらず制服をラフに着崩しているが、立ち上がった時の迫力は半端ない。

「駅前にケーキ屋があったろう？　そこで何か奢《おご》ってやるよ」

嗣仁が発した言葉がようやく頭に入り、慌ててあたりの様子を見ると、皆が驚いたような顔をしている。中には明らかに羨《うらや》ましそうな表情を見せている者もいた。

嗣仁の誘いは自分ひとりに向けられたものだ。デートだなどと言われたのだから。

二朗はかっと頬を染め、それから挑むように嗣仁を見上げた。

「甘いものが食べたいなら、あんたひとりで行けよ。俺は忙しいから帰る！」

二朗はそう叫んで、ぱっと後ろを向いて駆け出した。

生徒会室の外へ出るとき、雅のそばをとおり、一瞬目が合う。

笑ってなくて、背筋がぞくっとなったが、そのまま一目散に廊下へと飛び出した。

荷物を取りにダッシュで教室へと向かう。しかし、いくらもしないうちに、後ろから制服をつかまれた。

「おい。廊下は走るな」

「な……っ」

追いかけてきたのは嗣仁だ。手と肩をつかまれてしまうと、もう逃げられなくなる。

廊下の壁にどんと背中をつけさせられて、二朗は必死に嗣仁を睨《にら》んだ。

「俺様の誘いを断るとは、いい度胸だな」

「な、なんだよ。俺は用事があるって言っただろ。それにデートだなんて、紛らわしい言い方もするな」

「紛らわしい？　放課後、ふたりでお茶しようって言うんだ。立派なデートだろう」

ふんと馬鹿にしたように鼻で笑われて、二朗はかっと怒りにとらわれた。

気が向いた時だけ、こうしてかまわれるのは、もうごめんだ。

「あんたには雅がいるだろ。デートなら雅を誘えばいい」

噛みつくように言ったのに、嗣仁は何故か、にやりと口元をゆるめる。

「おまえ、その言い方……やっぱり雅に嫉妬しているのか？　今週は一度もおまえを呼んでやらなかったからな」

「馬鹿言うな！　お、俺が嫉妬してるなんて、そんなの、あるわけないだろ……っ！」

二朗は懸命に否定したが、嗣仁のにやにや笑いは収まらない。

「おまえは単純で、心で思っていることがすぐ顔に出る」

「な、なんだよ」

「だが、肝心のおまえ自身は、鈍感なのか、それとも単に目が曇っているだけなのか、自分の気持ちを認めようとしない」

「何、ひとりで勝手なことしゃべってるんだよ。俺が何を思ってるかなんて、あんたに関係ないだろ」

嗣仁は上からじっと顔を覗き込んでくる。

壁に両手をつかれているので、二朗は逃げようがなかった。

それに間近にある顔には、見惚れずにはいられない。誰よりも強いのに、誰よりもきれいで、見つめられただけで、心拍数が上がってしまう。

「二朗、おまえは俺のことが好きだろ？」

「え……？」

「だから意地になって、俺から逃げようとする」

低い囁きに、二朗は呆然となった。

嗣仁が好き？

まさか……そんなこと、あるわけない。

自分が嗣仁を好きだなんて、そんなこと、あるわけがない。

二朗はふるふると首を左右に振った。

すると嗣仁がふいに手を出し、二朗の顎をとらえる。

そして二朗は、くいっと上を向かされ、いきなり口を塞がれた。

「んっ……」

無理やりキスされて、二朗は必死に抗《あらが》った。両手を振り回しても、すぐに手首をつかまれる。頭を大きく振って避《よ》けようとしても、嗣仁の口づけからは逃げられなかった。

両手をつかまれ、壁に縫い止められた二朗は、逆らうこともできずにキスを受け入れさせられる。

「んぅ……、く、ふ……っ」

嗣仁はあろうことか、二朗の隙をついて舌まで入れてきた。

無理やりのキスなのに、何故か甘いと感じてしまう。嗣仁が宥めるように舌を絡めてくると、身体中の力が抜けた。

「ん、うぅ」

がくりと膝を折りそうになると、すぐに腰をかかえられる。それでもキスが終わらなくて、口中をくまなく執拗《しつよう》に貪られた。

なんで、俺にこんなキス……。

でも、気持ちいい……いやなのに、まるで魔法をかけられたみたいに気持ちよくなってしまう……こいつなんて嫌いなのに……嫌いだ、こんなやつ……。

二朗の脳裏には様々な思いが駆け巡った。

それでもまだ甘いキスが続き、いつの間にかぐったりと嗣仁に身体を預けてしまう。

「ん、ふ……んぅ、んっ」

二朗はここがどこかも忘れて、ただ嗣仁の甘い口づけに酔わされた。

どれほど経った頃か、近くで人の気配がする。

「きゃっ」

小さく叫んだのは女子生徒だった。

そのとたん、二朗はいっぺんに我に返った。

ここは廊下だ。いつ誰が歩いていてもおかしくない公共の場所。

現に、今誰かに、キスしてるところを見られてしまった！

二朗は渾身《こんしん》の力で嗣仁の胸を押した。

「……っなせよ！」

嗣仁は眉間《みけん》に皺《しわ》を寄せたが、まだその手が腰にかかっている。二朗は懸命にその手をつかんで、自分の身体からもぎ離した。

「こんなとこで、何するんだよ？　誰かに見られてしまったじゃないか！」

「誰に見られようが、別にどうでもいいだろう」

「あんたは平気かもしれないけど、俺は迷惑だ！　こんな真似、二度としないでくれ！」

虎は怖い。嗣仁はこの学園に君臨する暴君だ。誰も逆らうことのできない存在だった。

それでも逆らうことの恐怖より、怒りのほうが勝る。

「二朗、そう怒るな」

嗣仁は珍しく宥めるように言いながら、手を伸ばしてきた。

だが、二朗はその手を強い力で振り払った。

「あんたなんか、大嫌いだっ！　ずっと外国に行ってて、帰ってこなければよかったんだ！」

そう叫んで、だっとその場から逃げ出す。

全速力で走ったが、嗣仁は追いかけてこなかった。

†

頭の中がぐちゃぐちゃで、二朗はもうどうしていいかわからなかった。

教室で通学鞄を手にしたあと、最寄りの駅まで一気に走りとおす。ゆっくりしていると、頭の中のぐちゃぐちゃが、よけいひどくなりそうな気がしたのだ。

電車に飛び乗って、二朗は兄にメールした。

こういう時、親身に話を聞いてくれるのは兄の一朗しかいなかった。今までは恥ずかしさがあって、嗣仁とのことは何も話していなかったが、もうそれも限界だ。

一刻も早く兄に会って、この混乱をなんとかしてほしかった。

折り返し、すぐにメールの返信がある。一朗はまだ大学にいるとのことで、二朗はすぐそっちに向かうと再度メールを送った。

ところが、その後すぐに一朗が直接コールしてくる。車内の乗客は疎《まば》らだったが、二朗は遠慮しつつ、そっと携帯を耳に当てた。

『二朗、こっちには絶対に来るな！』

耳から飛び込んできたのは、焦ったような一朗の声だった。

優等生の兄がこんなに慌てているのは珍しい。

「だって、まだそっちにいるんだろ？　話、聞いてもらいたいから、俺、大学まで行くよ」

二朗はメールと同じ内容を伝えた。

『駄目だ、二朗。危ないから絶対に来るな』

「危ないって、どういうこと？」

『連中が万一おまえを見つけたら、何をするかわからない。だから真《ま》っ直《す》ぐ家に帰るんだ。話なら家で聞くから』

「兄貴、何言ってんのかわかんないよ。俺が危ないって、兄貴はどうなんだよ？　危なくないのかよ？」

二朗は眉をひそめて訊き返した。

『おまえが心配することは何もない。ぼくだけなら、なんとか回避できるはずだから。なるべくひとりにならないように、気をつけていれば大丈夫だろう。じゃあな、二朗、あとで』

兄は曖昧《あいまい》な説明を残しただけで通話を切ってしまう。

二朗は、全身総毛立つようないやな予感に襲われた。

何かの危険が一朗に迫っている！

兄の一朗は命名者。そして自分はその名付け子だ。命名者と名付け子は、霊珠《れいしゅ》を介して意識をひとつに結ぶ。今、その特別に結ばれた絆《きずな》で、二朗は兄に迫る危険を察知していた。

一朗には、来るなと言われたが、ためらっている場合じゃない。

兄を助けるのは、他の誰でもない、自分の役目だった。

一朗が通う大学は、五つほど先の駅だ。

そして二朗は兄が心配なあまり、自分の悩みなどすっかり忘れ果てていたのだ。

†

二朗は最寄り駅から急いで大学まで走った。

九条家の当主が理事となっている私立大学だが、一族とはなんのかかわりもない人間も多く通っている。厳重な注意が必要だったが、兄に危険が迫っているという感覚はますます強くなっていた。

「兄ちゃん、どこだよ」

総合大学の構内は、天杜学園よりも広い。一朗は経済学部なので、二朗はそばをとおりかかった髪の長い女子大生に場所を訊ねた。

「経済学部なら、あそこの建物だけど、あなたは中学生？」

髪の長い女子学生は、目的の建物を指さしながら小首を傾げる。

「あの、俺は兄を捜しに来たんです。会う約束してたんだけど、途中で連絡取れなくなっちゃって……携帯も通じないし……」

二朗は心細さもあって、素直に事情を明かした。

実際、あのあとメールを送ったが、兄からの返信はない。コールにも応答はなかった。

「あら、それじゃ大変ね。お兄さん、名前は？　私も経済学部だから」

「あの、兄は牧原一朗って言います。俺は弟の二朗」

「ああ、牧原君ね。そうか、君みたいに可愛い弟さん、いたんだ」

女子学生は兄と知り合いらしく、にこっと笑みを浮かべる。

彼女は親切に、経済学部の校舎まで案内してくれた。

講義はすでに終了しているようで、学生の姿はほとんどない。あたりも薄暗くなってきた。

二朗は五感を研ぎ澄まして兄の気配を探った。兄との関わりは強い。だから、近くにいれば絶対に居場所がわかるはずだ。

そして二朗は、三階建ての校舎の裏手で、ようやく兄を見つけ出した。

カジュアルなジャケットに細身のパンツという格好の兄は、六人の体格のいい男たちに囲まれていた。皆、同じ大学生のようだ。

乱暴されているわけではないが、皆が何故かべたべたと一朗に触ろうとしている。兄が迷惑がっているのは明らかだ。

二朗は不快な気分に襲われ、反射的に声をかけた。

「兄貴！」

一朗は、弟の存在を認めたとたん、顔を引きつらせる。

「二朗、来るなって言ったのに、なんで……？」

「だって、兄貴が心配だったから……」

いきなり怒られて、二朗はしゅんとなった。

その時、兄の隣に立っていた男が話しかけてくる。

「おやあ、珍しい。兎の弟君か。久しぶりだね」

厳つい顔を見たとたん、二朗は背筋がぞっとなった。

天杜学園に通っていたイタチの仲間たちだった。カフェでやけにからんできたのを覚えている。嗣仁の姿を見て逃げ出した連中だが、あまりいい印象はない。

「兄貴から手を放せよ」

だが威勢よくしていられたのは、そこまでだった。イタチの仲間がふたり、左右から二朗の腕を押さえてきたのだ。

それを見て飛び出してこようとした一朗も、他の仲間に羽交い締めにされる。

「今日は大収穫だったな。俺らから逃げ回っていたお兄ちゃんも捕まえたし、ラッキーにも兎ちゃんまで飛び込んでくるんだからな」

「放せよ！　あんたたち、俺と兄貴に何しようってんだよ？」

二朗は夢中で叫んだ。

一番体格のいいイタチのリーダー格が、にやりと口元をゆるめる。

「知ってるか、兎ちゃん。おまえの兄貴はな、いつもいい匂いをさせてるんだ。雄を誘うフェロモン出しまくりなんだよ」

「なんだよ、それ……」

「だからさぁ、俺たちはお兄さんとずっと仲よくしたいと思っていたわけだ。でもな、天杜学園じゃ手が出せなかった。何せ、あの偉そうな九条の虎がいたからな」

「ああ、まったく、あの虎にはずいぶんひどい目に遭わされた……だけど、さすがに大学まではあいつも手が回せないからな」

イタチたちが憎々しげに話しているのは嗣仁のことだった。ひどい目に遭わされたというのがいつのことかはわからないが、きっとイタチが天杜学園にいた時の話だ。

「二朗には手を出すな！」

普段穏やかな一朗が、今は目に見えて怒っている。

だが悲しいことに、一朗も体格のいい男たちには敵わなかった。

「今まで俺たちの誘いをことごとく撥《は》ねつけてくれた礼は、しっかりとしてやるよ。弟君もせっかく来てくれたんだ。同じように可愛がってやるよ」

「やめろ！　頼むから弟には手を出すな！」

ただならぬ様子を見て、二朗はひしひしと危険を感じた。

兄はこうなることを見越して、自分に来るなと警告したのだ。

でも、兄に危険が及ぶなら同じことだ。ひとりだけ安全な場所にいるわけにはいかない。

一朗が自分を一番大切にしてくれるのと同じで、二朗にとっても兄は掛け替えのない存在だ。

「兄貴に何をしようって言うんだよ？　おまえたち、大勢で寄ってたかって卑怯《ひきょう》だろ。兄貴に何かしてみろ。絶対に許さないからな！」

二朗は怖さも忘れ、リーダー格を威嚇した。

しかし、イタチたちはにやにや笑っているだけだ。

「元気がいいな、兎ちゃん。お兄ちゃんはいい匂いで俺たちを惹《ひ》きつけるが、兎ちゃんもなかなかだ。可愛くて元気のあるやつを征服するのも面白そうだからな」

失礼な暴言を吐いた男に、二朗は反射的に飛びかかろうとしたが、両側からがっちり押さえられていて、身動きができなかった。

「くっ」

悔しさに呻いていると、イタチたちはよからぬ相談を始める。

「とにかく、ここじゃ何もできない。さっさとふたりを車に乗せてしまおう」

「そうだな。連れていくのは、おまえの家でいいか？」

「ああ、親は一週間ほど留守だ」

「じゃ、決まりだな」

相談を終えたイタチたちは、一朗と二朗を引き立て、移動を開始した。

校舎から裏門に向かった場所に駐車場があり、そこで二朗と一朗は別々の小型車に乗せられた。運転席と助手席、二朗の隣にも男が乗り込む。そして一朗のほうの車にも三人のイタチが乗った。

なんとか隙を見つけて逃げるしかない。

兎に変化して車から飛び出す。狭い物陰に滑り込めば、敵をやり過ごせるかもしれない。

それで、人間に戻って助けを呼べばいいんだ。裸になってしまうけど、今は背に腹は代えられない。

車がスタートし、二朗は真っ直ぐ前方を見据えながら、頭の中で必死に逃げ道のシミュレーションを重ねた。

学校の鞄は、さっきイタチと揉《も》み合った時に落としてしまった。制服のポケットを探ると、ラッキーなことに携帯が手に触れた。

これさえあれば、なんとかなるかもしれない。

次の信号待ちの時がチャンス。二朗はそう思って身構えていたが、タイミング悪く隣の男が腕を絡めてきて、その機会を逸する。この体勢では兎に変化しても意味がない。

車は静かな住宅街に入り、前にシャッター式のガレージがある家に到着した。

二朗が車から降りる前に、シャッターが閉じてしまい、また逃げるチャンスを失う。

「二朗、大丈夫か？」

車から降りた一朗が、泣きそうに見つめてくる。

「俺は平気だよ？」

二朗は恐怖を払い除《の》けて、笑みを見せた。

「さあ、ふたりとも二階へ行け。そこで乱交パーティーだ」

「おい、酒や食べ物も用意してあるのか？」

「ああ、ばっちりだぜ」

イタチたちは勝手なことを言い合いながら、ふたりを二階へと追い立てる。

二朗はとにかくイタチの隙を見つけようと、懸命に気持ちを落ち着かせた。

「さあ、お兄ちゃんはそこのベッドだ。兎ちゃんはこっちのソファな」

リーダーが勝手に仕切り、二朗は八畳ほどの部屋の隅に置かれたソファへと追いやられる。

一朗は最後の足掻きとばかりに、身体をよじっていたが、イタチたちの拘束を解くまでには至らない。

「じゃ、酒とつまみ、用意するから、誰かひとり手伝ってくれ」

家の主らしいイタチが、そう声をかけてもうひとりと一緒に階下へと下りていく。

部屋に残ったイタチは四人。そのうち三人が一朗の回りに集まっていた。

「ほんとに、たまんない匂いだよな、おまえ」

「こうやって首筋に鼻を突っ込んだだけで達きそうになる」

「おい、服脱がせろよ」

イタチたちは一朗に群がって、無理やりジャケットとシャツを脱がせた。

「やめろよ！」

一朗は身をくねらせて抵抗するが、三人にかかられてはどうしようもない。

二朗は必死に怒りを抑えた。そばにいるのは比較的小柄なイタチひとりだけだ。しかも、羨ましそうに仲間のやることを眺めている。

二朗はポケットに手を入れて、携帯を操作した。警察に通報するつもりだが、気づかれないようにポケットの中で番号を押すのは難しい。

何度かトライしたが、警察に繋《つな》がったかどうか、確信が持てなかった。でも、いちかばちか、繋がったと思って事を進めるしかない。

二朗は震えを押さえるために深く息を吸い、それから一気に大きな声を発した。

「なあ、兄貴と俺を襲うつもり？　でもさ、ここってどこの家？　中山《なかやま》って表札に出てたけど。……大学からそう遠くなかったよね？　静かな住宅街だから、大声で助けてーって叫んだら、近所の人に気づかれるかも」

心臓をばくばくさせながら、必死にイタチたちを挑発する。

こちらに関心を向けないと、兄がほんとに襲われてしまいそうだ。それに、もしかして警察を呼び出せていたら、襲われている状況を知らせないといけない。

「おい、おまえ、何言ってんだ？」

横にいたイタチが、二朗のシャツの襟《えり》を締め上げ、凄《すご》みのある声を出す。

恐怖で震えてしまいそうだったが、二朗は懸命にイタチを睨んだ。

「兄貴にふられたからって、こんなに大勢で襲いかかるとか、あんたたちよっぽど自分に自信がないんだな。みっともないと思わないのかよ？」

「てめぇ」

イタチが手を振り上げ、二朗は瞬間的に目を閉じた。

「二朗に手を出すな！」

一朗が悲鳴を上げる。

「おい、顔には傷をつけるな。楽しみが減るだろ」

「ちっ」

仲間に言われ、イタチはすんでのところで二朗を殴るのを思い留《とど》まった。

けれども、それで事が収まるわけもない。

「生意気な兎ちゃんにはお仕置きが必要だな。とりあえず裸にひん剝《む》いて縛っとけ」

「そうだな」

ベッドからひとり加わって、二朗はまたたくまに衣服を奪われた。

「やめろよ！」

必死に暴れても、ふたりがかりには敵わない。大きく身体を泳がせた拍子に、ポケットから携帯が落ちてしまい、最悪の結果となった。

「なんだ、携帯で助けを求めようとしてたのか？　どこの番号だか知らないけどな、無駄な足掻きだ。残念だったな」

イタチは簡単に携帯の電源をオフにして、ぽいっと部屋の隅に投げつける。

やはり警察に通報できていなかったのかと、二朗はぎりっと奥歯を噛みしめた。

制服の上着を脱がされ、シャツも奪われる。二朗は上半身裸で、制服のネクタイで後ろ手に縛られてしまった。

ベッドにいる一朗も同じように、上半身を裸にされ、何かで両手を縛られている。

これで完全に逃げ出すことができなくなったと、二朗は今さらながら恐怖で震えた。

誰か助けに来てくれないだろうか？

奇跡が起きて、嗣仁が助けに来てくれれば……。

ここにはいない男らしい顔を思い浮かべただけで、涙がこぼれそうになる。

だけど、さっき暴言を吐いて嗣仁を怒らせてしまった。それで助けに来てほしいなんて、むしのいい話だ。

そうしている間にも、イタチたちは調子に乗って、悪戯を仕掛けてくる。

「や、やめろ！　触るな！」

触られたのは、剝き出しの乳首だった。掌で撫で回されて、赤い粒は指で摘まれる。

「やっ」

どんなに暴れても、両手を縛られていては、どうしようもなかった。

挙げ句の果てに、ひとりが乳首に舌を這わせてくる。

おぞましさのあまり、二朗は涙をこぼした。

「やぁ、あっ！」

「おやぁ、兎ちゃん。乳首弄られるの、好きなのか？　勃ちそうになってないか？」

ひとりがいやらしく目を細め、下肢を探ってくる。

二朗は必死に助けを求めて兄を見やったが、ベッドの上も同じような有様になっていた。

一朗は懸命に身をよじって、イタチたちの手や舌を避けようとしているが、ささやかな抵抗は彼らを喜ばせているだけだ。

ごめん、兄ちゃん。俺、弱い兎でごめん。助けられなくて、ごめん……。

大切な人を守れないことをどれほど悔しく思っても、何もできない。

自分の身に与えられる傷などどうでもいいが、兄だけは助けたかったのに……。

制服のズボンに手をかけられて、するりと足首まで下ろされる。

あとはもう下着だけで、イタチの餌食《えじき》になるのは時間の問題だった。

あちこちを触られて、いやらしく肌を舐められる。吐きそうになるほど気持ち悪かったが、逃れることはできなかった。

「いやだ、やめろってば！」

最後の下着も脱がされそうになり、二朗は泣き声を上げた。

と、その時だ。乳首を舐めていたイタチが、ふいに身を起こす。

その圧倒的な気配は、二朗も感じた。

二階なのに、窓がいきなり大きく開け放たれる。

そこから優雅に飛び込んできたのは、制服姿の嗣仁だった。

「天杜学園卒の先輩方に、はぐれ者のイタチか」

低い声が響いたとたん、部屋中の者が凍りついた。それほど恐ろしく感じられる声だ。

二朗を押さえていたイタチも、一朗に群がっていたイタチも、さっと臨戦態勢を取る。

二朗は声もなく、冷たい怒りのオーラに包まれた虎を眺めた。

「く、九条……なんで、ここへ？」

「そこの兎は俺のものだ。勝手に手を出されては困る」

嗣仁はすっと僅《わず》かに顎を上げ、冷ややかに告げる。

「お、おまえのものだと？　だけど、こいつにはおまえの匂いなどついてないぞ」

イタチのひとりが、勇気を出して言い返す。

それを嗣仁はじろりと睨みつけた。とたんにイタチがすくみ上がる。

「イタチの分際で俺様にケチをつけようとは、いい度胸だな」

「いくら虎だろうと、ひとりで乗り込んでくるとは、おまえこそいい度胸だ。おい、みんな、こっちは六人だ。やってしまえ！」

リーダー格の声に反応して、六人はいっせいに嗣仁に襲いかかった。

だが、嗣仁の素早さは彼らを完全に上まわっていた。

二朗が呆然と眺めているなかで、イタチは次々に倒されていく。

ハイエナの時も思ったが、嗣仁の戦いぶりはまるで優美な舞を見ているようだ。

六人のイタチは、あっという間に呻き声を上げて床に這い蹲《つくば》らされた。

嗣仁は息ひとつ乱さず、転がったイタチの間を進んでくる。しなやかで力強い足運びは、すべての獣の頂点に立つ王者の風格に満ちていた。

「さあ、二朗。帰るぞ」

「あ……」

いきなり声をかけられて、二朗は息をのんだ。

とっさには何を言っていいかもわからない。

嗣仁は気にしたふうもなく片膝をつき、手首に巻きついていたネクタイを解《と》いてくれる。

そして裸だった二朗にシャツとジャケットを着せ終わると、次にはベッドの一朗の拘束もほどいてくれた。

「ありがとう、九条君。弟とぼくを助けてもらって、なんと御礼を言っていいか、わからない。本当にありがとう」

一朗は感激したように涙を浮かべて礼を言う。

二朗はまだ現実がつかめずにぼうっとなっているだけだった。

イタチに襲われていたのを助けられて、ほっとしたけれど、それよりも、どうして嗣仁がこの家まで助けに来てくれたのか、そちらのほうが不思議でたまらなかった。

「さあ、こんな場所に長居は無用だ。行くぞ」

嗣仁は部屋の隅に落ちていた携帯を取り上げて、二朗に手渡す。

携帯を受け取った二朗は、はっと気づいたことがあり、急いで電源を入れて履歴を調べた。

嗣仁の番号は登録してないが、一度だけ連絡をもらったことがある。さっき警察を呼び出しているつもりで、その番号にかけていたらしい。

なんだ、それで助けに来てくれたんだ。

暴君のくせに、いいとこあるじゃないか。

二朗は内心でそう呟いた。でもそのあとすっかり気が抜けてしまい、堪えようもなく涙が溢れてくる。

「俺、ごめん……」

「馬鹿な兎だ」

嗣仁はそっと二朗の頭をかかえ、逞《たくま》しい胸に引き寄せた。

嗚咽《おえつ》が止まらず、瞬《またた》く間に嗣仁の制服のシャツがぐっしょり濡れてしまう。でも嗣仁は怒った様子もなく、宥めるように二朗の背中を撫でていた。

しばらくして、なんとか涙が収まる。

嗣仁は二朗を抱いていた手をゆるめると、一朗に目を向けた。

「先輩はうちの車で送らせます。弟さんには話しておきたいことがあるので、しばらくお借りしていいですか？」

礼儀正しく頼まれて、一朗はこくりと頷《うなず》いた。

助けてもらった恩人に逆らうような兄ではない。

「弟のこと、よろしくお願いします。……二朗、おまえからもよく御礼を言っておいて」

「兄ちゃん……？」

二朗はなんとなく不安に駆られて呟いた。

だが、すべてはもう決まったあとだった。

9

九条家からは二台の車が回されていた。一台は一朗を自宅へと送っていき、二朗は嗣仁とともに、再び九条の屋敷へと連れていかれた。

広々した部屋の豪華なソファに、嗣仁はどさりと腰を下ろす。

改めて向かい合うと、急に恥ずかしさが込み上げてくる。

しかし、言うべきことは言っておかないとと、二朗はソファの前で立ったまま嗣仁を見つめた。

「俺と兄貴を助けてくれて、あ、ありがとう」

「礼なら兄貴のほうに言ってもらったから、もういい」

冷ややかな物言いをされ、二朗はいっぺんにしゅんとなった。

考えてみれば、学園でひどい言葉を投げつけたことも、まだ謝っていなかった。

「あ、あのさ……さっき、ひどいこと言って、ごめん」

蚊の泣くような声で言うと、嗣仁が大きくため息をつく。

「あのな、心にもないことを殊勝な顔で言うな。俺のことが大嫌いだとか、迷惑だとか、帰ってくるなとか言ってたくせに、もう気が変わったのか？」

意地悪く追及されると、どう答えていいかわからない。

嗣仁に対する感情がなんなのか、実は自分でもよくわかっていないのだ。

二朗は毛足の長い絨毯《じゅうたん》の上に、力なくぺたりと座り込んだ。

「まあいい。とにかく、状況だけは教えておこう。あのイタチどもだが、また悪さをするぞ」

「えっ？」

「まあ、しばらくは大人しくしているだろうが、元が外来のイタチだから、九条のコントロールが利く相手じゃない。それに大学までは、まだガードの手が回っていないのが現状だ」

「そ、それじゃ、あいつら、また兄貴を襲うってこと？」

二朗は正座した状態のままで嗣仁を見上げ、青くなって問い返した。

「だろうな……おまえの兄貴は特殊なフェロモンを出している。本人は気づいていないだろうし、普通の人間にはなんの効果もない。だけど、一部の種にはたまらない匂いなんだ。ほとぼりが冷めた頃、あのイタチどもはまた襲いたくなるだろう」

「そんな……」

ハイエナの時のように、嗣仁がやっつけてくれたことですべてが解決する。そう思っていた二朗には、信じられない結果だった。

「どうしよう……兄貴がまた襲われるなんて、俺、……どうしたらいいんだ。俺、兎だから、なんの役にも立たない……弱いから……」

二朗はたまらなくなって涙をこぼした。

もう嗣仁の前だから恥ずかしいとか言っていられない。

腕を引かれ、ソファに座らされてからも、涙は次から次へとこぼれてきた。

嗣仁は二朗の頬に溢れた涙を指で払ってくれる。優しく宥めるような感触に、目尻にはまた新たな涙の粒が盛り上がる。

「ひとつだけ、解決する方法があるぞ」

「え、ほんと？」

絶望していた二朗は、はっと顔を上げた。

嗣仁は珍しく真摯《しんし》な雰囲気でじっと見つめてくる。

「おまえが俺のものになればいいんだ」

「えっ？」

何を言われたのかわからず、二朗は小首を傾げた。

「おまえを抱いて、俺の印をつけておけば、いくらあいつらでも自重するだろう。おまえは完全に俺のものになるんだ。兄貴も一緒に俺の保護下に入ったと見なされる」

「お、俺を抱くって……どういうこと？」

「おまえに種付けをするって言ってるんだ。一度抱けば、おまえには俺の匂いが残る」

あっさり言われた言葉に、二朗は真っ赤になった。

「じょ、冗談じゃない！　そんなこと、できるわけないだろ！」

反射的に怒鳴ったが、嗣仁はふんと鼻で笑っただけだ。

「ま、俺はどっちでもいい。なんだったら、おまえの兄貴のほうに種付けしてやってもいいぞ？　おまえの兄貴が俺のものになれば、その家族のおまえも安全だ」

二朗は硬いものでがつんと頭を殴られたように呆然となった。

嗣仁が兄貴を抱く？　大切な兄貴を、嗣仁が……抱く？

いやだ！

そんなの絶対にいやだ！

「駄目だ！　兄貴を抱くなんて、絶対に駄目！」

「じゃ、どうする？」

「それくらいなら、お、……俺を……」

「俺を？」

嗣仁はどこまでも意地悪く確認してくる。

二朗は耳まで赤くしながら叫んだ。

「お、俺を抱いて！」

嗣仁の端整な顔に、満足げな笑みが広がる。

「よし。それなら即、実行だな」

「ええっ」

驚きの声を上げたと同時に、二朗の身体はふいに空中に浮いた。

素早く立ち上がった嗣仁に、二朗はあろうことか、荷物のように肩に担ぎ上げられたのだ。

嗣仁はしっかりした足取りで、次の間へと進んでいく。

庶民の二朗とは違って、嗣仁が使っている部屋はひとつではなかったのだ。次の間はカーテンを引いた寝室で、そこだけでも三十畳はありそうな広さだ。

そして二朗が放り出されたのは、部屋のほぼ中央に据えられた、巨大なベッドの上だった。

「自分で脱げ」

「えっ、ちょっと待って」

覚悟をする暇もない。情緒も何もなく命じられ、二朗は心底焦りを覚えた。

嗣仁にとんと胸を押され、二朗はあっけなく背中からベッドに転がる。

そして嗣仁は、二朗に任せてはおけないといった勢いで、制服の上着に手をかけてきた。

「あ、ちょっと待って」

制止の言葉はあっさり無視されて、性急に袖《そで》を抜かれ、次にはシャツのボタンも外される。

「おまえの裸なら、もう何回も見た。今さら恥ずかしがるな」

「やっ」

嗣仁はにべもなく言うが、素肌をさらすのはやっぱり恥ずかしかった。

逞しい嗣仁に比べ、自分の身体は貧弱すぎる。

でも、先ほどイタチに襲われた時と違って、不快感はまったくなかった。あるのは、ただ恥ずかしいという気持ちだけだ。

「下もさっさと脱げ」

嗣仁は容赦もなく命じる。

それでも、二朗はそろそろと自らズボンを下ろした。

シャツだけは辛うじてまだ羽織った状態だが、下着も脱がされると、本当に心許ない気分になる。

これから何が起きるのかと思うと、不安で仕方がなかった。

「珍しく素直だな」

「だって、あんたが脱げって言うから……それに、あんたに抱かれれば、もうあのイタチは兄貴を襲ったりしないんだろ?」

「ああ、そうだ」

「だったら、好きにすればいいだろ。お、俺はどうなってもいいから……っ」

二朗はそう言って、嗣仁から視線をそらした。

だが、嗣仁はそれを許さず、二朗の顎をつかんで無理やり向きを変えさせる。

上からのしかかった嗣仁に、じっと見つめられると、自然と息が苦しくなった。

「兄貴がそれほど大事か？」

「あ、当たり前だろ。兄貴は俺の命名者だぞ」

「ま、命名者なら、それも仕方ないか。……いいぜ、二朗。おまえに全部教えてやる」

「何を……うくっ」

最後まで言う前に、唇が塞がれた。

嗣仁はすぐに舌を入れてきて、思うさま貪ってくる。何かに飢えているかのように、嗣仁の口づけは荒々しかった。

「んん……、んぅ」

舌が絡むと、自然と身体が熱くなる。

前にもキスされた。でも、こんなに激しいキスは初めてだ。それでも二朗はこの口づけを荒々しくて怖いほどだけど、舌を絡められると、甘さを感じる。貪られるたびに、口づけられることが気持ちいいと思ってしまう。

甘いと感じた。

だから、すぐに二朗は嗣仁のキスに夢中にさせられた。

嗣仁は、二朗が涙目になるまで縦横に口中を貪り、その合間に、剝き出しの胸にも手を滑らせてきた。

「ここ、イタチに弄られていたな。感じたのか？」

「やっ、違……」

きゅっと乳首を摘まれて、二朗は必死に首を振った。

「おまえはえろ兎だからな。ちょっと弄っただけで、あんあん、言う」

「そんな……ひどい」

二朗はそう抗議したが、嗣仁の脅しは本当だった。

甘くキスされ、それからほんのちょっと胸を弄られただけなのに、すでに下半身が痛いほど反応していた。

「いいか、二朗。おまえは俺のものになるんだ。これから先、他の男には絶対に触らせるなよ？　おまえは俺だけのものなんだからな」

嗣仁は脇腹に触れたり、喉元に口づけたりしながら、甘く脅してくる。

けれども、何故か二朗の胸には悲しさが満ちてきた。

嗣仁は自分に執着しているようなことを言うが、それが本当だとは思えない。

それに、この行為は嗣仁の匂い付け、つまりマーキングだった。身体を繋げても、心が繋がるわけじゃない。

そう思うと、ひどく胸が痛くなった。

「ああっ」

嗣仁が胸の頂きに口をつけ、ちゅっと吸い上げてくる。

とたんに強い疼きに襲われ、二朗はぶるりと身体を震わせた。

快感に襲われても、胸の奥にある痛みは薄れない。

そして二朗はこんな時になって、初めて自分の中に潜んでいた気持ちに気がついた。

嗣仁が好きだ。

いつの間にか、好きになっていた。

子供の頃から意地悪で、自分を玩具にしたり、からかったり……でも、嗣仁はいつだって、自分を助けてくれた。

嗣仁は百獣の上に立つという獰猛《どうもう》な虎で、自分は弱いだけの兎。

でも、いつの間にか好きになっていた。

だからこそ、マーキングのためだけに身体を繋ぐのは悲しかった。胸が締めつけられたように痛い。もっと違う形で結ばれるのだったら、どんなにいいかと思う。

「あぁっ」

嗣仁の手が下肢に伸び、キスだけですっかり形を変えたものに触れてくる。

上下に優しく擦られただけで、一気に極めてしまいそうになるほど感じた。

「気持ちがいいか、二朗？」

「んっ……気持ちいい」

「やけに素直だな」

嗣仁はくすりと笑いながら、さらに二朗を追い上げてくる。

でも、くすぐるようにソフトな触り方では物足りなかった。

「もっと触って」

二朗は恥ずかしさも忘れて、そう要求した。

「まったく……こうか？」

希望どおり少し強めに刺激され、二朗は満足の吐息を漏らした。

「うん、……ふ、ぅ……気持ち、いい……あ、ん」

嗣仁は焦《じ》らすことなく、手の動きを速める。

「さあ、一度出せ」

「あ、ああっ……ううぅ」

きゅっと根元から絞られて、二朗はあっさり上り詰めた。どくっと思うさま欲望を吐き出し、大きく息をつく。

だが解放の余韻に浸っていた二朗は、びくっと身をすくめた。

「やっ、何？」

嗣仁の手がいつの間にか後ろにまわり、あらぬ場所をなぞられたのだ。

「繋がる準備をしとかないと、おまえが壊れるだろ。優しくしてやるから、じっとしてろ」

嗣仁の指は、二朗自身がたっぷり吐き出したもので濡れていた。その指で後ろの窄《すぼ》まりを何度も撫でられる。

「あ……そんなとこ……やあっ」

嗣仁の指が中まで入ってきそうになり、二朗は焦った声を上げた。

「今さら、いやとか言うな」

「やっ、ああ……くぅ」

身体をよじっても、逃れられなかった。

嗣仁は簡単に二朗の腰をつかみ、くるりとうつ伏せにしてしまう。

「さあ、尻だけ上げてろ」

「やだ、そんなの」

二朗は羞恥のあまり文句を言ったが、嗣仁は聞く耳を持たない。ぴしゃりと剝き出しの尻を叩かれただけだ。

「やっ！」

痛みにすくむと、今度はやわやわと尻の肉を揉まれる。

恥ずかしさで枕に顔を埋《うず》めた瞬間、再び嗣仁の指が後孔を撫でてきた。

男同士はこんな場所で繫がるのか……。薄々あった知識がやけにリアルな現実となる。

でも嫌悪はさほどなくて、死ぬほど恥ずかしいだけだ。

「さあ、力を抜いてろ」

「うぅ」

今度は逃げようもなく、つぷりと深く指を埋め込まれる。

しかし違和感に怖さを感じたのは束の間だった。指はたっぷり濡れていて、すぐに馴染《なじ》んでくる。ゆっくり掻き回されると、またおかしな疼きが生まれていた。

「おまえの中、熱いな。さすが、えろ兎だ」

「やだ。言うなよぉ……それに、そんなに掻き回すな」

二朗は腰を揺らしながら半泣きで抗議したが、嗣仁の愛撫はやまない。

そのうえ巧妙に前まで一緒に刺激されると、完全に誤魔化されてしまう。

指の数を増やされ、深く浅く掻き回されると、徐々にそれを気持ちいいと思ってしまう。

「ああっ、や、んっ」

いつの間にか、二朗の口からは甘い喘ぎがこぼれるだけになっていた。

散々掻き回されて、また中心が硬く張りつめる。後ろを弄られただけで、再び極めてしまいそうになった時、嗣仁の指がすっと抜かれた。

「やっ」

二朗の柔襞《やわひだ》は、嗣仁を引き留めるように妖しい動きをする。そんな反応を恥ずかしく思ったけれど、それよりも、これから起きることへの期待のほうが大きかった。

「二朗、いいか。おまえを抱くぞ」

「ん」

二朗は夢見心地で頷いた。

嗣仁は手早く着衣を乱し、背中から覆い被《かぶ》さってくる。

優しく頭を撫でられ、それから耳の下に口づけられた。

「いいか、途中で音を上げて変化なんかするなよ？　突然兎になったら、おまえを壊してしまいそうだからな」

「ん」

二朗は吐息をつくように答えた。

何故か、怖いとは思わない。嗣仁のことが好きだから、少しも怖いとは思わなかった。

ただ、両思いで抱かれるわけじゃないことが悲しいだけで……。

「あ」

蕩けきった狭間《はざま》に、熱く滾《たぎ》ったものが擦りつけられて、二朗はびくりと震えた。

「大丈夫だ。可愛いおまえを傷つけたりしない。全部、俺に委《ゆだ》ねろ。いいな、二朗？」

「ん」

こくんと頷いた瞬間、太い先端がめり込んでくる。

嗣仁は二朗の腰を宥めるように撫でながら、でも容赦なく狭い場所を割り広げて奥まで入ってきた。

「あ、く……うぅ」

「大丈夫か、二朗？　もう少しだからな」

「うぅ」

二朗は声をかけられるたびに、浅く息を継いで懸命に身体の力を抜いた。

逞しいものが奥の奥まで入り込み、我が物顔で居座っている。

どくんどくんと力強く息づいているのは、嗣仁の分身だった。

「二朗、おまえはほんとに可愛いな」

甘く囁かれると、身体の奥が疼く。

それを合図にしたかのように、嗣仁がゆっくり動き出した。

「ああっ」

中にひどく敏感な部分があって、そこを狙ったように突かれると、自然と腰が揺れる。

その動きでまた新たな快感の波が湧き起こり、二朗はいつの間にか行為に夢中にさせられていた。

熱く自分を犯すのは、逞しい虎。自分は捕食されるだけの弱い兎だ。

でも、こうして身体を繋げているのが嬉しかった。

嗣仁の動きが徐々に速くなり、頭が真っ白になる。

「ああっ、あっ、う、くっ」

二朗はがくがく身体を揺らしながら、嗣仁の動きに任せた。

ひときわ奥を突かれると、欲望が迫り上がってくる。

「おまえの中に出すぞ」

「あ、あああっ」

嗣仁はさっと前に手を回し、張りつめたものをつかんだ。

それと同時に、ぐっと深みを抉《えぐ》られて、二朗はあっさり欲望を噴き上げた。

奥の嗣仁も熱い飛沫《しぶき》を叩きつけてくる。

これで本当に自分は嗣仁のものになったのだ。

最奥で奔流を受け止めながら、二朗は安堵の吐息をついた。

だが嗣仁は、すべてを出し終わっても、まだ二朗の腰を離さない。

荒い息が収まっても、まだ二朗は芯まで貫かれたままだった。

「あ、……もう……」

「なんだ?」

「は、放して……くれよ。お、終わった、んだろ?」

わざわざ確認するのはかなり恥ずかしい。

「終わった? 馬鹿を言うな。ようやくおまえを俺のものにできたんだ。一回で終わるわけがないだろ?」

「え?」

不思議な言葉を聞いて、二朗は思わず背後を振り返った。

嗣仁はにやりと笑い、思わせぶりに腰を揺らす。

「ああっ」

嗣仁はまだ少しも力を失っておらず、深みを突かれた二朗は仰《の》け反《ぞ》った。

「これからひと晩かけて、おまえをたっぷり可愛がってやる」

「そ、そんな……だって、マ、マーキングなら一回で充分だろ?」

「ああ、マーキングだけならな」

「ど、どういうこと? ああっ、急に動くな」

後ろから貫かれたままなので、まともに話もできなかった。嗣仁は休む間もなく行為を続けている。

達したばかりで敏感になっている場所を搔き回されるのは、思った以上に刺激が強い。

「おまえはまだ何もわかっていないようだからな。これからたっぷり教えてやる」

「やっ、何?」

「おまえは俺を好きだろ?」

意地悪く訊かれ、二朗は悔しくなった。

なんとか自分の気持ちに折り合いをつけたところなのに、わざわざ傷を抉るようなやり方は許せない。

「す、好きだったら、なんだって言うんだよ？　あんたみたいなやつ、好きになった俺は馬鹿だよ。そんなの最初からわかってるさ」

二朗は夢中で叫んだ。

悔しくて悔しくて、涙がどっと溢れてくる。

だが、嗣仁はふいに身体を引いた。

「あ、くっ」

太いものをいきなり抜かれ、その刺激でまた感じてしまう。

なのに嗣仁は二朗の腰をかかえ、くるりと正面を向かせたのだ。

顔を見られるのは惨めだった。涙も止めようがなくて、二朗は必死に顔を横に向ける。

「ほんとに馬鹿な兎だな」

嗣仁がそっと端整な顔を伏せ、二朗の濡れた頰に口づけてくる。

その優しい感触に、また新たな涙がこぼれた。

「おまえはどうしてそんな卑屈な考え方をする？」

「だって、あんたは学園のカリスマで、凶暴な虎で、俺は兎だもん」

「俺はその兎を気に入ってるんだが？」

「え？」

思わぬ言葉に、二朗はきょとんとなった。

「これだけ言っても、まだわからないか？　学園中の者が知っているというのに、わかってないのはおまえだけだぞ」

嗣仁は苛立ったように眉根を寄せる。

その時、ふいに浮かんだ考えに、二朗は目を見開いた。

まさか……あり得ない……でも……。

「もしかして、あんたも俺のこと……好き、なのか？」

そう呟いた二朗に、嗣仁は思いきり顔をしかめた。

「生意気な口をきくと、ひどい目に遭わせるぞ」

「ええっ」

「兎になって逃げても無駄だ。兎になったら尻尾と耳をつかんで、思いきり遊んでやる」

「そんな……あっ」

嗣仁はいきなり二朗の両足をつかみ、大きく広げる。

蕩けた場所に、逞しく張りつめたものを擦りつけられて、二朗はびくんと震えた。

次の瞬間、奥の奥まで一気に貫かれる。

「ああ――っ！」

強い刺激が頭頂まで走り抜け、そのあとを深い快感が追いかけてくる。

「二朗、今きゅっと締めつけてきたぞ。初めてなのにずいぶんいやらしいことするな」

「違っ、あ、ああっ」

首を振る暇もなく、嗣仁が動き始める。

逞しいもので思うさま抜き挿しされ、二朗はすぐにわけがわからなくなるほど悦楽に溺れさせられた。

「いいか、そのえろい顔は他の男に見せるな。身体に触らせるのも駄目だ」

「ああっ、やあ、……っ」

「絶対に駄目だぞ」

「やっ、ああ、あぅ」

激しい動きの中で、嗣仁が色々言ってくる。

だが、攻め立てられた二朗は、答えるどころではなかった。

急速に性感が高められ、二朗はあっさり三度目の絶頂を迎えた。

嗣仁も二朗の中にたっぷり欲望を吐き出して、ようやく動きが止まる。

はあはあ、荒く息を継いでいると、その嗣仁がそっと耳に口を寄せてきた。

「おまえは俺だけの兎だからな」

敏感な耳に届いたのは、甘い囁きだった。

二朗の胸にはひたひたと幸せな気分が満ちてきた。

逞しい嗣仁に組み敷かれていることが、こんなに嬉しいとは自分でも信じられない。

「俺、……あんたのことが好きだ」

吐息をつくように言うと、嗣仁が極上の微笑みを見せる。

「ああ、俺もだ」

ちょっと照れくさそうに言った嗣仁に、二朗もにっこりと微笑んだ。

幼い時に出会い、ずっと虐《いじ》められているとばかり思っていたのに、こんな幸せな関係になれるとは、まだ信じられない。

それでも、嗣仁が自分を好きでいてくれる。

しかし、二朗はふと学園のことを思い出し、不安に駆られた。

「俺、明日からどうしよう……。学校であんたの顔がまともに見られなくなるかもしれない。他のみんなに、どんな顔で会えばいいかもわかんない。雅も、あんたのこと好きだと言ってたし……どうしよう」

脈絡なく呟くと、嗣仁が急に怖い顔をする。

「言いたいことはそれだけか？　まったく……天杜学園でおまえと俺の関係を知らない者は誰もいない。知らなかったのはおまえだけだ」

「えっ？」

「雅のことは気にするな。あれにはSっ気があるから、おまえを虐めたかっただけだろう。

それから、なんだ？　この際、なんでも答えてやるぞ？」

　冷ややかに説明され、二朗は小さくなった。

「もうないです」

「そうか、ならもう一回やるぞ」

「ええっ！」

　さりげなく恐ろしいことを宣言され、二朗は慌てて身をよじった。

　だが、嗣仁はまだ繋がりを解いていない状態で、逃げようがない。しかも中の嗣仁が、むくむくと勢いを盛り返している。

「やだ！　もう、やだよ」

　二朗は情けない声を出したが、それで嗣仁が許してくれるわけもない。

　暴君な虎はどこまでも不埒《ふらち》に、二朗を虐めぬくだけだった。

虎は兎をモフモフする

九条《くじょう》家の広大な屋敷内には、芝生だけが植えられた開放的な裏庭があった。敷地全体に高い塀を巡らし、さらに欅《けやき》や銀杏《いちょう》などの樹木で囲っているので、外からは絶対に覗《のぞ》くことのできない庭だ。

日曜日の昼下がり――。

嗣仁《つぐひと》の部屋を飛び出した二朗《じろう》は、芝生の上をぴょんぴょんと必死に駆けていた。

昨日呼び出しを受けて、この屋敷に泊まった。いや、無理やり泊まらされた。

嗣仁とは、一応両思いということになっている。だから、ふたりきりでいる時に、えっちなことをするのは仕方がないと思う。二朗だって気持ちよくなるのは好きだ。嗣仁に抱かれるのはそんなにいやではなかった。

でも、物事には限度というものがある。いや、絶対にあるはずだ。

昨夜からいったい何回抱かれたか、もう覚えていないくらいだった。それなのに嗣仁は、またべたべたと身体《からだ》に触ってきたのだ。

もちろん二朗だって、懸命に抵抗した。でも嗣仁は、最大の弱点である耳たぶを甘噛《あまが》みするなんて攻撃を仕掛けてきたのだ。

堪《こら》えようもなく、二朗は本性《ほんせい》の兎《うさぎ》に変化して逃げ出した。

だが、芝生を突っ切った二朗は高い塀にぶち当たり、結局は逆戻りするはめになる。塀のそばにはうまく身を隠せる場所がなかったのだ。

こうなれば、屋敷の中でどこか適当に隠れていられる場所を探すしかない。

そう思った二朗は、軽快に芝生の上を走っていった。

そうして、ガラス張りのテラスまで戻った時だ。

「あっ、ウサちゃんだ！」

いきなり甲高い声をかけられて、二朗はびくっと固まった。

チェックの長袖《ながそで》シャツに半ズボンという格好の子供が立っている。

まずい、と思い、二朗は瞬時に方向転換をして逃げ出そうとした。しかし一瞬早く、子供の両手が伸びて、簡単に抱き上げられてしまう。

「ううう」

思わぬ事態に陥った二朗は、兎の歯を剝《む》き出しにして子供を威嚇した。

だが、子供はまったく気にせずに、自ら捕まえたものに夢中になっている。

「可愛い！」

思わずといった感じで声をかけられ、そのあとぎゅっと抱きしめられてしまった。

身動きできなくなった二朗は、情けなくも長い耳をぺたりと後ろに折った。

「ウサちゃん、どこから来たの？」

無邪気に訊《たず》ねられても、返答に困る。

子供はさらさらの髪を長く伸ばし、女の子のように色白で可愛らしい顔立ちだった。

この子はきっと九条家の三男の皐織《さおり》だろう。確か小学校の六年生になるはずで、上の兄ふたりとは違って虎《とら》の本性を持たない普通の人間だ。

皐織は赤ん坊の頃天杜《あまと》村で育てられていたので、その存在は二朗も知っていた。でも今まで直接顔を合わせたことはない。

それにペットのように抱きしめられていては、礼儀正しい挨拶《あいさつ》のしようもなかった。

「ウサちゃん、ほんとに可愛いね」

皐織はすっかり気に入ったように、抱き上げた二朗の背中に頰《ほお》をすりすりしてくる。

放してくれと、人間の言葉で頼むべきだろうか。

でも、二朗がただの兎じゃないとわかると、皐織は泣き出してしまわないだろうか。

二朗はどうしていいかわからず、皐織に抱かれるままになっているしかなかった。

そんな時、ふいに背後から不機嫌な声がかけられる。

「おい皐織。その兎は俺のペットだ。勝手に触るな」

のっそりとテラスに現れたのは嗣仁だった。

長身の嗣仁は、黒のしゃれたカットソーに、下も黒のパンツという組み合わせ。そして今起きたばかりというように、金色に近い髪を乱している。

「えっ、この子、お兄様のペットなの？」

「ああ、そうだ。寄こせ」

驚きの声を上げた弟から、嗣仁はひょいと無造作に兎の二朗を取り上げた。

「やっ、痛い！」

耳を束にされたうえで乱暴につかまれて、二朗は思わず悲鳴を上げた。

身体中の毛が逆立つようで、ぷるぷる震えてしまう。

「お兄様、そんなことしたら、可哀想だよ」

「いいんだ。こいつは俺に断りもなく逃げ出した。行儀の悪いペットにはお仕置きが必要だ」

嗣仁は小さな弟にそう説明しながら、二朗の身体を左右に揺らす。

「やだ。痛いよ。耳引っ張るの、やめてくれよ」

耳をつかまれたままで振り回され、二朗は泣き声を出した。

「うるせぇぞ、二朗」

嗣仁は、二朗の懇願にすげない答えを返しただけだ。でも、さすがに耳をつかむのはやめてくれて、二朗をすとんと自分の懐に落とし込む。

そして嗣仁は乱暴に扱った罪滅ぼしでもするかのように、今度は優しい手つきで二朗の背中を撫《な》で始めたのだ。

小さな皐織が、その様子を羨《うらや》ましそうに見上げていた。

「お兄様、ぼくにもウサちゃん、触らせて？」

「駄目だ。これは俺の兎だ。おまえには触らせない」

「ちょっとだけ、もふもふしたい」

「駄目と言ったら、駄目だ」

高二にもなって、嗣仁は本当に大人げない。五歳も下の弟と本気で張り合っているように見え、二朗は呆《あき》れてしまった。

「お兄様の意地悪」

皐織はそんな兄に慣れているのか、不満そうに頬を膨らませたものの、それ以上二朗を触ろうとはしなかった。そして二朗に向かい「バイバイ、ウサちゃん。またね」と声をかけ、手を振りながら屋内へと戻っていく。

嗣仁に抱かれた二朗は、しっかり元の部屋へと連れ戻されることになったのだ。

†

それから三十分後。

大きなソファに寝そべった嗣仁は、兎の二朗を胸に乗せ、いいように弄《いじ》り回していた。

背中を撫でられるのは、すごく気持ちがいいから好きだ。長い耳をすうっと撫でられるのは、ちょっとくすぐったい。苦手なのは、丸い尻尾を指先でぷにぷにと押されることだった。

「もういい加減、放してくれよ。いつまで俺に触ってる気だよ？」

虎の嗣仁には敵《かな》わない。そう刷り込まれている二朗だが、兎の顔をしかめて、精一杯文句を言った。

「おまえを撫でてると、気持ちがいい。いくら触っても、減るもんじゃないだろ」

「まったく……あんたの趣味って、信じられないよ」

二朗はそう憎まれ口を叩いたが、兎の身体を可愛がられるのは、さほど嫌いではなかった。嗣仁はいつも乱暴だけど、こうして撫でてくれる時の手つきは優しい。

「文句を言うなら、元に戻ればいいだろ。勝手に変化したのはおまえだぞ」

「だって、あんたがえろいことばかりするからだろ……」

二朗は蚊の鳴くような声で訴えた。

「ふん、あれしきで逃げ出すやつがあるか。もう一回やろうとしただけだろ」

「あんなに立て続けにやるなんて、信じられない」

「おまえだって、えろいこと好きだろう?」

「き、嫌いじゃないけど……でも、続けざまにやるのはいやだ。や、やるなら、一回でいい」

他愛ない、でも不毛な言い合いを続けているうちに、嗣仁は眠気をもよおしたのか、大きな欠伸《あくび》をする。そのうちに、背中を撫でていた手の動きも止まり、本当に眠り込んでしまったようだ。

二朗は注意深く、そろりと嗣仁の胸から下りた。ソファから床に飛び下りても、嗣仁が目覚める様子はない。

今がチャンスだとばかりに、二朗はさっそく変化を解きにかかった。

体内を巡る《気》に意識を向け、人間の姿になることを思い浮かべる。

すると、すぐに兎の輪郭がぼやけ、人間のサイズへと膨らんでいく。

だが、完全に人間の身体に戻る寸前で、二朗はさっと凍りついた。

圧倒的な虎の気配がビリビリと伝わってきたのだ。

恐る恐る振り返ると、ソファで寝ていた嗣仁が、巨大な虎に変化していた。体勢を変え、ソファで腹ばいになった虎は、気持ちよさそうに目を閉じている。

黄金に近い被毛にくっきりと描かれた黒の縞模様《しま》。力強く美しい野生の獣に、二朗は恐怖も忘れて魅入っていた。

嗣仁が虎に変化したところを見るのは、子供の時以来だ。

なんてきれいなんだろう。

怖い……。でも、触ってみたい……。

二朗は本能が命ずるままに、そっと虎の背中に手を触れさせた。

逞しい体躯《たいく》をびっしり覆う被毛は、意外にも柔らかな触り心地だった。とても気持ちのいい感触に、一度でやめることができず、二朗はそっと掌《てのひら》を往復させる。

しかし、その直後、突然嗣仁が金色の目を見開く。

「あ……っ」

息をのんだ時にはもう、嗣仁の太い前肢が背中に回り、二朗はしっかりと抱き寄せられていた。

変化を解いたばかりだったので、素肌に直接虎の被毛が触れる。その心地よさに、二朗は我知らず小刻みに身体を震わせた。

「おまえ、耳と尻尾だけ残したのか。ずいぶんと器用だな」

「えっ？」

二朗ははっと我に返り、自分の頭とお尻に手を当てた。言われたとおり、長い耳と尻尾だけが兎のままだった。

こんな中途半端でみっともない姿を、嗣仁に見られてしまうなんて最低だ。かっと羞恥《しゅうち》に駆られた二朗は、慌てて変化の続きにかかった。

でも気持ちを集中する前に、嗣仁が長い舌で頬を舐《な》めてくる。しかも嗣仁の舌は、頬を舐めただけに留《とど》まらず、敏感な耳まで伸びてきた。

「やっ、邪魔すんなよ。耳と尻尾、引っ込めるんだから」

虎の長い舌から逃れようと、二朗は必死に首を振った。

でも虎の前肢が両方の肩を押さえつけているので、ろくに動けない。

「しばらくそのままでいろよ。耳と尻尾、可愛いぞ」

「な、何言ってんだよ。早くどいてくれよ」

二朗は涙目になりながら懇願した。

しかし嗣仁は、金色に光る虎の目を細めただけだ。

「その格好、すげぇそそるな。またやるか、二朗？」

二朗はぎょっとなった。

巨大な虎はゆったりソファから下り、二朗にのしかかってくる。前肢でちょっと胸を突かれただけで、二朗は床の上に押し倒された。

「やっ、まさか……っ」

嗣仁は虎の姿で自分を犯す気なのか？

二朗は兎の耳と尻尾のままで硬直した。その兎の耳を、長い舌でぺろりと舐められる。

「あぁっ！」

二朗はびくりと震えたが、嗣仁の舐め方はあくまで優しいものだった。

「おまえの耳、ほんとに敏感だな。ピクピク動いてるぞ。気持ちいいのか？」

「やだ。耳、舐めるなよぉ……」

嗣仁が戯れているだけだとわかり、二朗は甘えるような声を出した。

「気持ちいいんなら、やだやだ言うな」

「だって……あぁっ」

嗣仁の舌は、耳からそれ、今度は唇まで舐め上げられる。

けれど、次の瞬間、目に入ったのは、鋭い牙《きば》だった。

二朗は反射的に逃げ出そうとしたが、虎になった嗣仁はさらに体重が増えているようで、いくら足掻《あが》いてもびくともしない。

「ふむ、虎の舌でおまえを舐めると、また違う味わいだな。いつもより甘い」

嗣仁はそんな評価を下しながら、二朗の素肌を舐めていく。

喉《のど》を舐められた時は、そのあと牙を立てられるかと、怖かった。嗣仁の舌が次に狙ってきたのは乳首だ。ねっとり舌で転がされると、全身が震えてしまう。

「やだよ……」

「何を言ってる？　もう気持ちよくなってるくせに」

嗣仁は意地悪く言いながら、虎の身体をしならせた。

「ああっ」

柔らかな毛で覆われた腹が、下肢を押し、二朗はひときわ大きく震えた。

「やっぱりな」

嗣仁はさらに腹を波打たせ、二朗の変化を思い知らせる。

節操のない自分の身体に、二朗は泣きそうだった。怖いからいやだと思っていたのに、虎の嗣仁に舐められて、あそこが変化してしまうなんて信じられない。

「もう、やだよ」

「何を言ってる。気持ちいいなら、このままやるか？」

ぼそりと吐き出された言葉に、二朗は目を瞠《みは》った。油断していたところへ冷水を浴びせられたように、熱くなっていた身体が一瞬にして硬直する。

やっぱり嗣仁は虎のままで自分を犯す気だ。

二朗はどっと涙を溢《あふ》れさせた。

「ばーか、やんねぇよ。本気でやったら、おまえが壊れるだろ。だから、今はまだ我慢しておいてやるさ」

ほっとしていいのか、警戒すべきなのか、よくわからない言い方だ。

二朗はどうしようもなくて、ぽつりと呟《つぶや》いた。

「嫌いだ……あんたなんか、嫌いだ」

「ああ、わかった。わかったから、もう泣きやめ」

嗣仁は優しい声を出しながら、太い前肢で二朗の髪を撫でる。

その時、鋭い鉤爪《かぎづめ》がかすかに兎の耳に触れた。

ちょっと気持ちいいかもと思ったことは、絶対に内緒にしようと、二朗は硬く決心した。

あとがき

こんにちは、秋山みち花です。【暴君のお気に入り　不埒な虎と愛され兎】をお手に取っていただき、ありがとうございます。

本書は「目指せ、ケモ耳＆もふもふ」または「天杜村のもふもふシリーズ」（←勝手に命名）の三冊めになります。

シリーズとは言うものの、第一弾の【真白のはつ恋　子狐、嫁に行く】では、可愛い子狐が主人公。第二弾の【狼王と幼妻　脩せんせいの純愛】では、攻め主人公が狼。そして今回はタイトルどおりに虎と兎が主人公ということで、それぞれ独立したお話になっております。なので、前作は読んでないよという読者様にも、楽しんでいただけるかと思います。そして本書で「天杜村もふもふ」に興味を持たれた方は、ぜひ【真白〜】と【狼王〜】のほうもよろしくお願いいたします。

さてシリーズの宣伝が終わったところで、本作のお話をもう少し。

【真白〜】を現代と考えると、本作はかなり過去のお話になっております。本文中で二朗が使っている携帯もスマホではありません。念のため。

それと今回はなんと裏テーマ？が「学園もの」になっております。いや、ＢＬを書き始めた頃はよく学園ものを書いていたのですが、本当に久々で楽しかったです。学園のカリスマ生徒会長……嗣仁には、ぜひとも白い詰め襟の制服を着せたかったところですが、さすがにこれは自重しました。嗣仁様はちょい悪設定だったので、着こなしにも問題があるかと思いましたしね（笑）。

そして、髙星先生が描いてくださった嗣仁がすごくかっこよくて、ラフをいただいた時からもうテンション上がりまくりでした。二朗も可愛いし、表紙にはちゃんと虎と兎もいるんですよ～。

髙星先生、いつもステキなイラスト、ありがとうございます！

毎回ご苦労をおかけしております担当様や編集部の皆様、制作に携わっていただいた方々にも、深く感謝しております。

いつも応援してくださる読者様、そして本書が初読みという読者様にも、心より御礼を申し上げます。ありがとうございました。

「天杜村もふもふシリーズ」、次も予定しております。どんなお話になるか、楽しみにお待ちいただけると嬉しいです。ご感想やリクエストなどもお待ちしておりますので、よろしくお願いします。

秋山みち花　拝

✦初出　暴君のお気に入り　不埒な虎と愛され兎……………書き下ろし
虎は兎をモフモフする……………書き下ろし

秋山みち花先生、高星麻子先生へのお便り、本作品に関するご意見、ご感想などは
〒151-0051 東京都渋谷区千駄ヶ谷 4-9-7
幻冬舎コミックス　ルチル文庫「暴君のお気に入り　不埒な虎と愛され兎」係まで。

幻冬舎ルチル文庫

暴君のお気に入り　不埒な虎と愛され兎

2015年11月20日　第1刷発行

✦著者　秋山みち花　あきやま みちか

✦発行人　石原正康

✦発行元　株式会社 幻冬舎コミックス
〒151-0051 東京都渋谷区千駄ヶ谷 4-9-7
電話 03(5411)6431［編集］

✦発売元　株式会社 幻冬舎
〒151-0051 東京都渋谷区千駄ヶ谷 4-9-7
電話 03(5411)6222［営業］
振替 00120-8-767643

✦印刷・製本所　中央精版印刷株式会社

✦検印廃止

ISBN978-4-344-83575-7　C0193　Printed in Japan